永遠のマフラー

作家生活50周年記念短編集

森村誠一

角川文庫
21222

目次

ラストウィンドゥ

野崎正人《のざきまさと》は定年の日が待ち遠しかった。私立大学を卒業し、小規模の食品会社に入社して三十余年。まず総務からスタートして営業へまわり、内外をセールスしてから新製品開発課に異動し、今日に至っている。

実直な野崎は、この間、会社のために粉骨砕身し、販路を拡張、そして新商品を次々に開発して、会社を製菓業界の大手に築き上げた。

飛躍的な出世はしなかったが、小さな菓子屋からグローバルに名前の通る会社に育てあげた功労者の一人だという自負は持っている。

会社も彼の業績を認めていて、定年後、顧問の椅子を用意してくれた。

だが、野崎はせっかくの会社の好意を辞退した。

最終学校を出てから三十余年、人生の最も実り多い時期を会社に捧《ささ》げた。ようやく自由になった身は、顧問という安楽な椅子を用意されても、会社の管理下から完全に離れた余生を送りたい。

平均寿命八十年を超えて、定年後にあたえられた二十年以上の自由を、自分のためだけに使いたいとおもった。

人生は三期に分かれる。

第一期は学生時代、両親や周囲の期待を集め、不安に満ちている将来を前にして、なんとなく息苦しい。

第二期は現役。この間、会社や組織に組み込まれ、自分に課せられた責任と義務と使命に縛られていた。

第三期は、リタイアと同時にすべての束縛から解放され、自由が得られる。両親や周辺の期待、家族の扶養義務、その他一切の束縛から解放された自由は、どんな小さな干渉も受けたくない。

反社会的行為以外はなにをするも自由、なにもしなくても自由である。

定年の日、会長、社長以下、全社員に別れを告げ、野崎は自由の身となった。そして彼は、〝なにをするも自由〟を選んだ。

現役中、自由の身になったとき、したいことが山ほどあった。

定年者の大多数は、大過なく勤めあげた現役時代へのご褒美の形で、海外旅行へ出かける。

だが、野崎は、海外の美味や珍味を探してグローバルに歩きまわっていたので、海外にあまり魅力をおぼえない。国内にしたいことが山積していた。

まず、自由の筆頭は、身近から始まる。

宮仕えの現役中は圧倒的に多くの時間を会社に奪われ（売り）、自宅で家族と共に過ごす時間が極めて少ない。

休日すら接待ゴルフに駆り出され、深夜の帰宅が毎夜のようにつづいて、食事は外で済ましてしまう。たまの休日や休暇も、ごろごろ寝ているか、会社の仕事を持ち帰る。家族と共に過ごす時間が圧迫される。

定年後は私の時間がたっぷりとあるとおもっている間に、子供たちは独立して巣立って行った。

野崎は自由の第一歩として、身辺から始めた。

結婚して郊外の私鉄沿線駅の近くに巣（マイホーム）をつくり通勤していたので、自宅の近くをほとんど知らない。彼はリタイアしたら、まず自宅の近くを〝探検〟したいとおもっていた。

近隣から歩き始めると、乱開発により自然がかなり蝕《むしば》まれてはいたものの、雑木林や巨大マンションが聳《そび》える丘陵と丘陵の間の、谷と称《よ》ばれる窪地《くぼち》に、日陰には杉、檜《ひのき》、日の当たる斜面には櫟《くぬぎ》、楢《なら》、樫《かし》などが生き残っている。

原始の丘陵は乱開発によりずたずたに切断されていても、生き残った自然の破片には四季折々の花が雑木の間に咲き乱れ、幼虫や小動物の巣となり、野鳥の食堂となる。時には叢《くさむら》から青大将が這《は》い出して、通行人をびっくりさせる。

丘陵を一つ越えると別の街が現われ、街角を曲がれば、魅力的な喫茶店や、旨《うま》そうなレストランが軒を連ねている。

高級住宅街ではないが、古格のある昔ながらの家があるかとおもえば、それぞれ個性的なユニットハウスが並び、緩やかな起伏のある地形は、風景を個性的にしている。路地をゆっくりと通い猫が横切り、通行者は速度を緩める。桜が多く、花吹雪に包まれる豪勢な風景を想像する。

こんな魅力的な街や風物が我が家の近くにあった事実に気づかなかったのは、人生の損失であると、いまになって口惜しい。

それほどに現役時代、会社の忠実な構成員として一途《いちず》に働いていたのである。社員というよりは〝社奴〟となって、常に会社の視点に立っていた視野に、我が家の周辺に鏤《ちりば》められていた魅力的な環境が入らなかったのである。

今は遠方に夢を飛ばす年代ではない。若き日、地平線や水平線の彼方《かなた》に未知数を追求した狩人《かりゅうど》は、加齢と共に、彼方の遠方にも同じような、あるいはもっと過酷な、また平凡な環境や人生があることを知っている。

野崎にとって、もはや海外雄飛はなんの魅力もない。未知の身辺の方が新たなサプライズであり、ミステリアスであった。

野崎には身辺の開拓と同時に、自由を獲得したときの心の課題があった。

それは通勤電車の窓から望む沿線の〝探検〟である。

現役三十余年中、車窓の風景はだいぶ変わったが、途中下車したいいくつかの駅は変わらずに残っている。

次の休日には必ずその駅で下車したいとおもったが、休日になると外出が億劫《おっくう》になったり、もっと優先すべき用件が発生したりして、ついにリタイアまで途中下車の夢を叶《かな》えられなかった。

通勤中の車窓の風景など、なんの魅力もなさそうであるが、河原の太公望《たいこうぼう》（釣人）や、小さな公園、個性的な家、魅力的な店構え、小さな踏み切りから一瞬覗《のぞ》く屈曲の激しい細い通路など、無性にその地点に立ちたい誘惑をおぼえた。

名所旧蹟《きゅうせき》でも由緒ある古社寺や史蹟でもない。ほとんどの通勤者が一顧だにしない毎日見慣れている通勤風景に、野崎は強く魅かれた。

三十余年、日常の通勤路から毎日のように見慣れている車窓の風景であるが、その風景の中に入って行ったことはない。

朝は出社時間ぎりぎりに間に合うように時間が凝縮していて、なんの用事もないのに途中下車する余裕がない。

また、一日の仕事を終えて帰宅途上は、疲れきっている上に、途上の風景は闇に隠されている。

仕事の興奮を癒《いや》すために、上司、同僚、部下たちと居酒屋で飲む余裕はあっても、途中下車する余裕はない。

通勤途上の風景で野崎が最も気にかけていたのは、彼の家の最寄り駅からターミナルまでのほとんど中央部位にあるアパートである。

消防署から立ち退き勧告を受けているような、モルタル造り二階建ての古びたアパートである。壁には雨風による黒い縞《しま》が浮かびあがり、窓ガラスの破れている部屋もあった。

残業で遅い電車に乗って帰るとき、そのアパートは一階棟末の一つの窓だけが点燈《てんとう》していて、他の窓はすべて暗かった。

おそらく燈火の点《つ》いている部屋の主を残して、他のすべての入居者は出て行ってしまったのであろう。荒廃したアパートにただ独り住んでいる入居者はどんな人であろうか、と野崎は想像をめぐらしていた。

そしてある日、家で仕事をして、少し遅れて出社したとき、ただ一点の燈火が瞬いていたアパートの窓が開かれて、軒下の窓際に洗濯物を干している若い女性の顔が見えた。

通過する通勤電車の窓から、ちらりと視野に入った部屋の主の顔であったが、一瞬の映像が残像となって瞼《まぶた》に刻み込まれた。

野崎は残像をさらに確認するために、出勤時間を遅らせた。だが、彼女は毎朝窓際に洗濯物を出さない。

毎朝〝遅出〟をするわけにもいかず、週二回ほど、自宅作業と会社に断り遅出をしていると、窓を開けて洗濯物を干している彼女の顔が見えた。

一瞬の一方的な出会いであるが、どことなく寂しげな陰翳《いんえい》を刻んだ面差しである。

二十代後半、いつ倒壊してもおかしくないような古いアパートに、ただ独り住み着いている彼女の人生を、野崎は想像した。

通勤電車の窓からの一瞬の観察であるが、彼女のアパートには男の気配はなさそうである。きっと遠い地方から上京して、東京で一旗あげようと頑張っているのであろう。

野崎は車窓から、

「がんばれ」

と、なんの戦力にもならない応援をした。そして数回、一方的な出会いを重ねた。

しかし、近づいてくるリタイア日に備えての残務整理に引っぱられ、終電で帰宅途上、アパートは一点の燈火もなく、闇の底に沈んでいた。

この時間帯には、彼女はまだ起きているはずであった。

それだけではなく昼間でも彼女の部屋の窓は閉ざされていた。

ついに移転したのか、あるいは病気になって独り臥《ふ》せっているのか、野崎は大いに気になったが、訪ねて行くわけにもいかず、気にかけながら定年日を迎えた。

身辺から自由の足跡を全方位に延ばし始めて、気にかけていた彼女のアパートへ足を向けた。アパートはまだ健在であった。

至近距離に立つと、荒廃はさらに深く進んでいる。すべての部屋の窓ガラスが破れ、壁の縞は濃く広がり、柱は傾き、屋根には雑草が生えている。

入居者はすべて移転したのか、人の気配がまったくない。アパートには、わずかな前庭があり、桜の木が一本、置き去りにされたように立っている。

野崎が、彼女が住んでいた一階の棟末の部屋に近づくと、アパートの中から一人の男が出て来た。

　ふと視線が合った野崎に、男は胡散臭《うさんくさ》そうな顔をして、

「なにか、ご用ですか」

　と声をかけてきた。

　無人になったアパートに、残されているかもしれない物品を盗みに来たのではないかと疑っているような表情である。

　男は野崎とほぼ同年配、手にキャットフードの袋を持っている。近隣の住人らしい。野崎と同じく、定年退職して自由の身となって間もないのかもしれない。

「このアパートの棟末に最後までお住まいになっていた女性は、移転してしまったのですか」

　と野崎が問うた。

「ああ、渋谷《しぶや》さんですね。彼女は郷里へ帰りました」

「帰郷された。郷里はどちらですか」

「山形県と聞いていますが、詳しくは知りません。渋谷さんのお知り合いですか」

　男は問い返した。

「知り合いというほどではありませんが、近隣の者です。突然、窓が閉めきりになってしまったので、病気でもされているのではないかと案じて、様子を見に参りました」

「そうでしたか。このアパートは間もなく取り壊されます。土地は不動産業者が買収し、

地元の反対を押して新しいマンションの建設が予定されています」

「なかなか貫禄《かんろく》のある、古式ゆかしいアパートだとおもっていましたが、残念ですね」

「私もそうおもいます。このアパートは町内の名物でした。これが味も素っ気もないマンションに乗っ取られて、得体の知れない新住人が乗り込んで来るのかとおもうと、がっかりしますね。

野良《のら》の集会地でしたが、野良の居場所もなくなります」

と、男が寂しげにつぶやいた。

そう言われて、前庭の桜の木の下にうずくまっている数匹の猫に、野崎は気づいた。

「渋谷さんも猫が好きだったとみえて、よく餌をあたえていましたよ」

男もキャットフードを手にして野良に餌をあたえに来たらしい。

「猫の女神が帰郷して、野良ちゃんたちも居場所を失うと寂しいですね」

「猫のいない街は冷たくなります。女神がいなくなった後は、町内の有志が集まって、猫を助ける運動が始まっています」

「私は町内の人間ではありませんが、お手伝いさせていただけますか」

「喜んで。町の外にも応援団がいるとおもうと、心強くなりますよ。そうそう、女神からメッセージが残されていました」

「メッセージ?」

「女神が住んでいた部屋に、猫が棲《す》み着いていないかと点検したところ、壁の窪《くぼ》みにこんなメッセージが残っていましたよ。しかし、このメッセージの宛名人《あてな》はもう入居して来ません」

と男は言って、一枚の便箋《びんせん》を野崎に手渡した。それには、

「この部屋に三年住みました。今日、田舎へ帰ります。荷物を全部整理して、庭の猫ちゃんたちに別れを告げて、想い出の部屋に独りぽつんと坐《すわ》っています。もしこのアパートが壊されず、建ち残っていたら、今度はどんな人がこの部屋に入居して来るのかしら。ごきげんよう、さようなら。まだ会ったことのない人に」

と書き記されていた。

「きれいで優しく、寂しげな女性でした。ＯＬと聞いていましたが、詳しいことは知りません」

野崎が電車の窓から、窓辺の彼女の顔をよく見かけたと告げたところ、男は、

「きっと彼女は、窓から電車の中のあなたを見ていたかもしれません。このメッセージ、いや、手紙かな、もしかすると、あなたに宛てて書いたのかもしれない」

野崎が返そうとした便箋を、男は差し戻した。

田舎から一旗あげようと夢を追って上京した若い女性が三年後、帰郷するのはよほどの事情があったにちがいない。

あるいは東京に飽きたのか、それとも郷里に良い縁談が発生したのか、いずれにしても、彼女の身上になにか異変が生じたのであろう。

たった数回、通勤電車の窓から彼女と一方的な出会いをした野崎は、定年で獲得した自由に拠《よ》って、彼女が東京の夢の拠点にした部屋の前に立ち、彼女が愛した野良猫に囲まれている。

人生の出会い。行きずりでもなければ、約束を交わしたわけでもない。だが、なにか運命的な香りのする出会いを、野崎は大切にしようとおもった。

虫の土葬

1

人生の勝負は、その人間の一生が終るまではわからないというが、上松啓吾《うえまつけいご》は、四十代の生き方によって男の勝負は定《き》まるとおもっている。

四十代まで生きてきてなにも為《な》さなかった男は、人生に負けたとおもってよい。特にサラリーマンの場合、四十代で自分の人生の後半が見えてしまう。すべての価値観が序列に基づいているこの社会においては、並外れた貢献を会社に対して為さなければ、跳躍できない。

四十代で課長補佐や係長、主任クラスの下級管理職にある者は、もはや停年までに大した出世は望めない。これまで乗ってきたベルトコンベアの終着が視野に入り、新入社員のころの虹《にじ》のような野望（中には初めからそれのない者もいる）は、停年という終着駅の灰色の表示によって置き換えられる。

上松啓吾は四十六歳、ある大手電気メーカーの課長補佐である。ある二流私大を出て、二十三年間真面目に勤めてきた。とりたてて目立つ存在ではないが、真面目一筋を買われて一年前に課長補佐になった。

会社の停年は、五十五歳だから、それまでには次長ぐらいには行けるかもしれないとおもっていた。

ところが、世界的な景気後退の中での新型不況が深刻化して、企業の環境はきわめて悪くなった。産業界ではいたるところで人員縮小、賃金カット、レイオフ、採用手控えが続出した。

上松の会社においても主取引先の石油精製、石油化学などの低迷で受注が激減して、火の車の台所となった。

賃金カットやレイオフはもちろんやったが、それでも追いつかない。そこで会社は四十五歳以上の下級管理職から希望退職者を募った。

上松は会社に居辛《いづら》くなった。同年輩の仲間が次々に辞めていくのを横目に見ながら、居坐《いすわ》っていると、売れ残りに似た心境に陥る。周囲がみな出て行けがしの目で彼を見ているような気がする。上松は、ぜひとも会社にいなくてはならない存在ではない。いるのかいないのかわからない一匹の小さな虫のような社員である。だからこの年になっても〝補佐〟で甘んじているのだ。

希望退職者を募る場合、最も格好の対象となるのが、彼であった。

だが上松は、まだ社を辞めたくなかった。いや、辞められない状態にあった。来年大学を受験する長男を頭に、高一の長女と、中二の次男がいる。長男は、とても国公立の大学へ入る頭はない。私立となると、先だつものは金だ。

進学という、息子の人生にとって重要な区切点を打つ前に失業者になりたくない。四十過ぎての再就職は難しい。とても現在の収入は維持できないだろう。

しかし会社の苦しい台所はよくわかる。希望退職といっても、実質的には強制である。途方に暮れた上松は、会社に進退をまかせることにした。そして結局、二十三年勤めた会社を去ったのである。後にはなんの足跡も残っていない。

二十三年、――と一口に言っても、それは上松の人生の主要部分であった。彼の人生の最も栄養価の高い部分を切り売りし、そして引き換えになにがしかの退職金をもらった。彼にはその金が自分の魂を売り渡した代金のような気がした。

会社では、形ばかりの送別の宴《うたげ》を彼のために張ってくれた。それだけが上松の会社に二十三年間もいたことの証拠であり、余韻のようであった。

だれも二次会へ誘ってくれなかった。部長や課長は、会の初めにちょっと顔を出し、形ばかりの送辞を述べると、そそくさと先に帰って行った。

二時間足らずで、宴は終った。座が白けてそれ以上保《も》たなかったのである。途中で櫛《くし》の歯が欠けるように中座する者がつづいた。最後まで残った者も、帰りそびれたり、義理のために止むを得ずという人間ばかりであった。「上松さんの今後のご健闘を祈って」という幹事の空《むな》しい閉会の辞とともに、みな白茶けた顔をして散って行った。

上松は、出席者の一人一人からの献杯を受けてかなり飲んでいたはずだが、少しも酔えなかった。若い社員は、彼の悲哀など関係なく会費分だけ、天下太平に飲み食いしていた。

──おまえたちもおれの年齢になれば、きっとおれの心境がわかる──

冷えびえとした宴席の主賓の座に据えられた、彼の胸の中のつぶやきを耳にとめた者はいなかった。

考えてみれば二十三年間の会社生活を通して、会社関係の宴会で、上松が首座に据えられたのは、これが初めてで最後だった。

2

酔っていないとおもっていたが、歩きだしてみると、足がもつれた。一ヵ所に沈澱《ちんでん》していたアルコールが、運動によっていっきに全身に放散した。意識は冴《さ》えていたが、身体がいうことをきかない。

「安い会費で、安い酒を飲ませやがったんだろう」

上松は少しも別離の感傷や、哀惜の情のなかった送別会に唾《つば》を吐きかけたいおもいであった。あんな会なら、出ないほうがよかった。──果たしておれは、会社にとって何であったのか？──

──なんでもなかった。一ヵ月もすれば、いや一週間、いや明日になれば、上松啓吾という社員がいたことすら忘れられて、会社は新たな営利活動を貪欲《どんよく》につづけていくだろう――

――社にとってなにものでもなかった自分を確認するような会だった――

索漠としたおもいが胸を咬《か》んだ。胸の中へ砂が吹き込んだようにざらついていた。

ナガシのタクシーを拾って乗り込んだ。荒っぽい運転手だった。運転に節があり、その都度身体がガクガク揺れる。べつに恐怖はおぼえなかったが、小便がしたくなった。酒やビールが入っているので、したいとなると膀胱《ぼうこう》を突き破るような尿意となった。

「停めてくれ」

「下りるんですか」

運転手が面倒くさそうに言った。小便をする間待てと命ずれば、きっとぶつぶつ文句を言うだろう。もう口をきく余裕もなかった。メーターも見ずに千円札を放り投げると、急停車したタクシーから転がるように下り立った。

ちょうどいいぐあいに目の前が草を繁らせた空地だった。草原の中に駆け込むと、上松は盛大に放尿した。下腹部をしめつけた緊張が快く弛《ゆる》んでいく。

ようやく生理的欲求を放出すると、上松はホッと一息ついた。周囲を見まわす余裕ができた。タクシーの姿は、もう見えない。きっとお釣りを請求されないうちにと走り去ってしまったのだろう。

いまの放尿でアルコール分が多少逃げたのか、酔いはだいぶ醒《さ》めてきたようだ。ここはどのあたりなのか。遠方に人家の灯が疎《まば》らに散っている。星がきれいだった。どこかの大手会社が工場用地に買い占めて寝かせている土地なのだろうか、周囲を簡単な柵《さく》で囲っただけのかなり広い空地である。雑草ののびるにまかせてある。

「失業して仰ぐ自由の星空か」

酔いと星が彼を感傷的にしていた。おもえば上松は、失業によって自由を購《あがな》ったのである。だがその自由は会社に行かなくともよい自由であり、餓《う》えることの自由であった。そのような目で眺めると、夜空の星は、みな餓えて凍りついているようであった。しみじみと星を見つめるのも久しぶりである。上松は、大通りに引き返して車を拾うのが億劫《おっくう》になった。

「もう明日から会社に行かなくともよいのだ。明日がないのだから、慌てて家に帰ることもあるまい」

上松は、つぶやきながら草原を奥の方へ歩いた。火照《ほて》った身体に夜風が快い。上松はズボンの裾《すそ》が夜露に濡《ぬ》れるのもかまわず、草を分けて歩いた。

少年のころの夏の夜、ホタルを追って水辺の草むらを分けた記憶がよみがえった。あのころはよかった。人生の重さやその敗残の味も知らずにすんだ。少年の日は、ただ無際限の夢を星空に託していればよかった。無数の天体の織りなす壮大なメルヘン。自分をその主人公にして、何万光年の遠方まで想像の翼を自在に羽ばたかせた。

流星がツッと眼前の天蓋《てんがい》に光の尾を引いて落ちた。ハッと目をそれに引きつけられた瞬間、足許《あしもと》が崩れた。もともと足許には注意をしていなかった。

崩れた身体のバランスを取り戻そうとしてのばした指の先にざらざらした土の肌が触れた。全身が宙に泳いでいた。ザザッと崩れ落ちる土とともに、彼の身体は暗黒の中を落下した。

上松は、草原の中に隠れていた穴の中に落ちたのである。こんな危険な陥《おと》し穽《あな》が草の中に伏せられていようとはおもわなかった。不幸中のさいわいにも、穴の底が軟土であったために、身体がうけたショックは、大したことはなさそうである。

ようやく自分の陥《お》ち込んだ状態を悟った上松は、身体に異状のないのを確かめると、上方を仰いだ。だが穴の地上への開口部が草に被《おお》われているのか、星は見えない。先刻、宙を落ちた感触から判断してかなり深い穴らしい。

そろそろと立ち上がって手を上方へ伸ばす。湿っぽい土の感触が得られた。これなら手がかりと足がかりを得られそうである。手足を使って上りはじめた。しかし柔らかいとおもった土は表面だけで、中の土質は硬い。しかも穴が上方へ行くにしたがって狭くなっているために穴の壁がかぶっている。これではなにか道具がないと上れなかった。

身に付けているものは、ペン、手帳、腕時計、定期券、名刺、財布、ハンカチ、それに今夜の送別会でもらった有志からの餞別《せんべつ》だけである。こんなものは、穴から脱出するためにはなんの役にも立たない。すぐ抜け出られるとたかをくくっていた上松は、自分の陥ち込んだ深刻な状態を悟った。

自力で脱出できなければ、救いを求める以外にない。上松は、大声で叫んだ。声は穴の底から上方へ穿《うが》たれた空洞に反響して、獣の咆哮《ほうこう》のように広がった。しかしそれが外界に有効な音として漏れているかどうか確かめようがない。穴の中だけに空しく内攻しているかもしれないのである。

呼べど叫べど人の駆けつけて来る気配はなかった。腕時計を覗《のぞ》いてみる。午後十時少し過ぎで停まっている。先刻、穴に落ちた衝撃で、こわれてしまったらしい。このあたりは人家の疎らな寂しそうな場所だったから、もうこの時間帯に通行人はいないのだろう。とすれば、いくらどなったところで無駄である。

――やれやれこんな所で夜明かしか――

上松は、悄然《しょうぜん》として腰を下ろした。明日になれば、だれかが見つけてくれるだろう。人里離れた場所ではない。穴の穿たれた空地のすぐそばには自動車の交通の絶え間ない大通りもある。昼間は人通りもある。上松は、この地底に一夜をすごさなければならなくなったアクシデントにまいっていたが、まだ絶望はしていなかった。

ここで煙草を喫《す》うところだが、上松は煙草を喫わない。だからライターやマッチももっていない。

穴の中の様子をつかむためには、上方からかすかに降りこぼれてくる夜光に頼るしかない。穴は以前、井戸に使われたものらしい。水が涸《か》れたか、あるいは埋め立て半ばにして放棄したものか、水はない。ただ少しずつ滲《にじ》み出て来る地下水のために、底は湿っている。地上の音が遮断されているので、耳を圧《お》されるように静かである。近くに水滴のしたたる音が、ひどく大きく耳についた。

――こんな所に落ちたのも、あんな実のない送別会へ出たからだ――

上松は、改めて今夜の空疎な宴が癪《しやく》に障った。――あいつらいまごろはみんな家に帰り着いて、暖かい寝床に潜り込んでいるだろうな――

ようやく酔いも醒め果て、冷たい夜気が身に迫った。宴席では、ほとんどなにも食わなかったので、腹も空《す》いてきた。〝主賓〟の自分がこんな穴の底に閉じこめられているのに、彼らが暖かいベッドで平和な眠りを貪《むさぼ》っている。――会社は、これまでの自分の忠勤に対して、何を報いてくれたか？――

なにも報いてはくれなかった。自分の一生のクリームともいうべき二十三年に対して、マンション一戸も満足に買えない退職金をくれただけである。

彼は、今日、送別会へ臨む前に社内各所に挨拶《あいさつ》してまわった光景をおもい起こした。社長は、ちゃんと約束を取り付けて《アポ》おいたのに、急用ができたとかで留守であった。女子大を出た若い生意気な秘書が「ご用件をうけたまわっておきます」といかにも自分が社長そのもののような権高な顔を向けた。

副社長は、在室していたが、

「ああ、きみ辞めるのかね、もうそんな年になっていたのか」と憫《あわ》れむような目を向けた。

副社長は憫れんでくれただけよいほうだった。専務は、上松の別れの挨拶をなにかの書類を読みながら一通り聞いた後で、面を上げて、「ところで今日は何の用事かね？」とたずねた。

上松の言葉を全然聞いていなかったのである。常務にいたっては、彼のことを「福島《ふくしま》君」と呼んだ。「私は、上松ですが」と、彼が恐る恐る訂正すると、

「ああそうか。なんでも木曾《きそ》福島の近くだとおもっていたもんだからね」とバツの悪そうな顔をした。中央本線の駅名が「木曾福島」と「上松」とつづくのに引っかけて、彼をうろおぼえしていたのだ。

要するに、上松の会社における印象は、その程度のものだったのである。二十三年の半生を捧《ささ》げても、この程度の印象しか捺《お》せなかったというのは、どういうことなのか？

まあ、資本金五十億、社員二千名ほどの大屋台だから、社員の一人一人を把握できなくても無理はないが、それにしても二十三年、会社にいたのだ！

記憶はさらに屈辱のシーンにつながっていく。役員に一通りの挨拶が終ると、部長の所へ行った。所属部長の川崎《かわさき》は、上松と同期入社組であった。上松と比べて特に才能のある男ではないが、上役の娘と結婚してから、そのヒキと、うまく立ちまわったおかげで、上松がお祓《はら》い箱になったときは、役員入り必至のエリートコースを驀進《ばくしん》していた。

上松が挨拶に行くと、川崎は、

「やあ、きみもいよいよ自由の身か。羨《うらや》ましいなあ。ぼくなんか、まだまだ当分、会社が解放してくれそうもないよ」と、それがくせの下唇を突き出すように笑いながら社に

おける自分の必要度を誇示した。そして心ばかりの餞別にと銀箔《ぎんぱく》のペン皿をくれた。それはなかなか豪華な品ではあった。上松はいちおう感謝してそれを受け取った。だが自席（それも今日かぎりの）へ帰ってよく見ると、包装の箱にかすかに「粗品」という文字が読めた。

いちおう消したらしいのだが、消しきれなかったのだ。一瞬、上松の顔がこわばった。自分でも顔色の変ったのがわかった。

川崎は、なにかのパーティでもらった〝粗品〟を餞別にと上松に贈ったのである。同期入社組の、二十三年間、同じ釜《かま》の飯を食った仲間の送別に〝粗品〟を贈ったのだ。もしかすると「粗品」の文字を故意に消し残したのかもしれない。

サラリーマン生活の間、ずいぶんいやな経験もしたが、こんなひどい屈辱を嘗《な》めさせられたことはない。上松は、銀のペン皿を川崎に叩《たた》き返してやろうかとおもった。だが結局そうしなかった。できなかったのである。

会社を辞めれば、川崎は上司でもなんでもない。だが、入社以来培われた序列本位のサラリーマン根性は、チャンネルを切り換えるように改められるものではなかった。彼は上司のプレゼントとして、それを受け取ったのである。捨てることもできなかった。そのことが、彼の屈辱感をさらに深めていた。

——そうだ、あのペン皿はどうしただろう？——

上松は気がついた。送別会場を出るときはもっていたはずである。もしかすると、タクシーの中に置き忘れたかもしれない。いや、穴に落ちる直前に草原に落としたのかもしれない。――いま、ペン皿があれば、穴を這《は》い上がるためのいい道具になるのに――

上松はあきらめきれずに、穴の中を手探りした。

「あった！」

ペン皿は、上松のすぐそばに落ちていた。あの爆発するような尿意の中を無意識にいっしょにもってきたのだ。こんな地の底まで屈辱の印を引きずってきた自分が、情けなかった。だが、いまは唯一の道具であることも、確かである。

ペン皿の先端は少し尖《とが》っている。それをスコップ代りに手がかりを刻めそうであった。素手でやるよりは、ましであった。それから数時間、彼はペン皿を武器に、穴と格闘した。だが上方の逆傾斜《オーバーハング》の部分を、どうしても突破できなかった。

結局、身体に疲労と失望を濃厚に蓄えただけであった。空腹感を通り越して胃が痛くなっている。

時計が壊れてしまったので、正確な時間がわからないが、午前二時から三時の間と推測した。あと三時間もすれば、夜が明ける。それまでの辛抱である。もうこれ以上悪あがきせずに、朝が来るまでおとなしく待ったほうが賢明だと判断した。

じっとしていると、またいろいろな追憶がよみがえってくる。環境が悪いせいか、いやな追憶ばかりである。

上松にも、まったくチャンスのないことはなかった。

合った。

大江《おおえ》則子《のりこ》と上松は、彼らがクラブ活動として籍を置いた大学の「民俗研究会」で知り合った。

大学生の趣味的な民俗調査であるから、日本の民俗学の歴史的再構成といった大がかりなことはできない。精々、一村の氏神の祭祀《さいし》儀典とか、俗信禁忌や口承文芸などに的を絞って調べる程度である。

調査のための旅行も、予備と本調査の二回である。部員は最小限、年四回部活動として調査旅行に参加することが義務づけられる。その他、「個人調査」として特定の農山村や、離島村落を対象に調べに行く。

大江則子は、この「民研」で、二年後輩であった。彼らは調査旅行においてよく顔を合わせた。則子は、聞き上手で、部の有力な戦力になった。学生の中には、ただ性急にこちらの知りたいことだけを調べようとして、相手の感情を無視する者が多いが、彼女は、まるで地元の人間になったかのように相手と同化して、なにげない世間話から誘導して、貴重な伝承や、村の基本的な資料を引き出してしまう。

調査が終ってその土地を去るとき、村人が泣いて別れを惜しむほどになっている。これは結局、彼女の中にある常に相手の立場に立ってものを考えるおもいやりが、被調査者の心を解き、他国者《よそもの》の一方的調査に協力を惜しまなくさせるのである。

則子は、いわゆる美人型の女ではなかった。自分を顕示することなく、男の背後に隠れるようにしながら、男が疲れたり、打ちのめされたりしているとき、その疲労を吸い取り、挫折《ざせつ》から救い上げるような優しさがあった。その優しさが、民研における調査の才能となり、抜群の戦力ともなったのである。そしてその種の優しさこそ、まさに男が求めるものだった。

上松は、間もなく大学を卒業して、現在の会社に就職した。入社のきっかけは、則子の父親が、その社の部長で、社内推薦をしてくれたことである。

当時、不況で各企業とも採用を手びかえていたにもかかわらず、すんなり就職できたのは、ひとえに大江則子のおかげであった。

間もなく大江則子も卒業した。彼女は適齢に達した。かなりの良縁が次々に持ち込まれているはずであったが、見向きもしないようであった。

それを上松は、自分との間に暗黙の約束が成っているためだと解釈した。言葉にして将来を誓い合ったわけではないが、たがいの好意は通じている。だからこそ父親に口をきいて就職の世話までしてくれたのだ。

――則子は、おれを待っていてくれる――とおもうと、上松の胸の中を温かく豊かに満たすものがあった。

上松は則子と営む家庭を夢見て、幸福の設計図に胸を脹《ふく》らませた。彼女が自分の妻になってくれれば、人生においてできないことはないような気がした。

だが当時、仕事を覚えるのに忙しく、結婚を考える時期ではなかった。少しでも早く仕事をおぼえるために全力を傾けなければならない、言わば人生の仕込みの期間に結婚を考えるだけで、会社から根性を見すかされるようにおもった。律義だけに融通がきかなかった。

当時は上松も人生に対する積極的な姿勢と野心があったのである。則子には、口に出して待ってくれと頼まなかったが、必ず待っていてくれるとおもった。

そこに介入して来たのが、川崎だった。同校のクラブメートとして日曜日に則子の家に招かれたとき、川崎が強引に尾《つ》いて来た。

則子と親しいことを誇示して仲間を羨ましがらせようとした上松の稚《おさな》い優越心が、その後の彼の運命を狂わせた。川崎は、それをきっかけに猛烈に則子にアプローチした。部長の娘という計算も多少あったのかもしれないが、彼女に内蔵された「女の優しさ」にやはり強く惹《ひ》かれたらしい。

川崎は、上松の彼女に向ける好意を先回りするように、

「おまえ、則子さんとは、どの程度の関係なんだ?」と聞いた。

「関係もなにも、ただの友達だよ」

「すると、恋人とか、婚約をしたとかいう間柄じゃないんだな」

「とんでもない。そんなことを言ったら、則子さんが怒るよ」

そのときどうして、彼女とは将来を暗黙に誓い合っていると言わなかったのか、悔やまれてならないのだが、男の意味のない虚栄から、心の傾斜とはまったく正反対のことを言ってしまった。あのとき、はっきり約束したと言っても、彼女は決して否定しなか

ったはずである。

「それじゃあ、おれが彼女にプロポーズしてもきみには異議はないね」

川崎はだめ押しをするように押しかぶせた。

「ぼくがどうして異議をはさむんだ。彼女とは大学の先輩後輩の仲だけだよ。そりゃ親しくつき合ってはいるが、恋とか愛という感情はないさ」

「よし、それではっきりした。後になって女性を中にはさんでのトラブルはいやだからな」

「きみのプロポーズは自由だが、則子さんにも意思があるぜ。彼女の意思は確かめたのか?」

こういう強引な相手には、彼女の意思だけが頼りだった。いかに川崎が強く押しても、学生時代から培ったたがいの好意と黙契は、そう簡単に崩れるはずがない。上松は自分に言い聞かせて、不安をなだめた。

「そのことなら大丈夫、まかせておけ。女なんて、強引に押して押して押しまくれば、必ず、うんと言うものさ」

川崎は、上松の楽観を踏みにじるように、自信たっぷりに言った。

上松と川崎が則子の家に遊びに行ったとき、ちょうど彼女の高校時代の友人という秋《あき》吉昌枝《よしまさえ》が来合わせていた。

昌枝は、則子と対照的に派手な性格であった。いつも自分が一座の中心にいないとおもしろくない自己主張型で、目鼻立ちのはっきりした権高な顔をしていた。

この昌枝が、上松に興味をしめした。それは不幸な偶然とも言える。川崎が則子に猛烈に接近して行ったのに時を同じくして、昌枝は上松に派手なモーションをかけてきたのである。

「上松さん、私のことどうおもう？」

「どうおもうって？」

「私のこと好き？」

「好きも嫌いも、まだ知り合ったばかりじゃないですか」

「男と女が好きになるのに時間なんか問題じゃないわ。ねえ、私のこと、本当にどうおもう？」

「それは、あなたは美しいですよ」

「私のこと好きか嫌いかって聞いているのよ」

「嫌いじゃありません」

則子がいなければ、好きになったかもしれない。昌枝には男を惹きつけるコケティッシュな美しさがあった。

「今日は、これくらいでかんべんしてあげようかな。今度会うときは、好きって言わせてみせるわよ」

とこんな調子でグングン迫ってくる。デートの約束も、上松が返事をしないうちに勝手に決めてしまう。初めのうちは、則子と川崎を入れた四人でグループデートをしていた。それがいつの間にか、川崎と則子、上松と昌枝のコンビになった。

川崎が則子のそばを離れず、昌枝が上松にいつもまつわりついていたからである。則子は時折り、川崎の肩越しに悲しげな視線を、上松に投げかけてきた。そんなとき昌枝は意地悪く上松に特になれなれしく振舞った。

グループデートは、もはや意味がなくなった。上松と昌枝、川崎と則子はべつべつにデートするようになった。四人四様に相互への牽制《けんせい》があった。

こうして、二組の男女の交際は結婚へ発展した。川崎は、その後則子の父親のヒキによって、トントン拍子に昇進した。上松は昌枝と結婚して停滞した。この結婚が、上松と川崎の間に差をつけるきっかけとなったのである。

それまで、上松は川崎と比べて劣るとはおもっていなかった。相手の強引な点を除けば、すべてにおいて互角の自信があった。それが則子を奪われてから、差が生じた。まるで、天秤《てんびん》の両極のように川崎が羽ぶりを伸ばすのに反比例して、上松は傾いた。

自分から積極的に近づいて来たにもかかわらず、昌枝は上松が振わないのを悔やしがって、「私、あなたと結婚したのは、一生の不覚だったわ。あのときは川崎さんよりあなたのほうがどっしりと落ち着いて、頼もしく見えたものだから、すっかり欺《だま》されてしまった。あなたほど見かけ倒しの人はいないわよ。川崎さんは役員入り必至のエリートコースを独走しているというのに、あなたはいまだに冷や飯食いね」と嘆いた。

同窓会に出ても、クラスメートの主人のほとんどが、部、課長になっているのに、補佐だなんて恥ずかしくて言えやしないわともこぼした。

課長補佐になる前、人事部長に呼ばれたことがある。彼は上松の顔を見るなり、

「きみは、いつ課長になったんだね？」と毒を含んだ口調で聞いた。上松がなんのことかわからずにキョトンとしていると、部長は彼の前に一枚の名刺を突きつけた。見ると、それは上松の名刺であった。

「肩書を見たまえ」と言われて、上松は顔色を変えた。なんと自分の名刺の肩書に、「課長」と刷られてあるではないか。

「肩書の欲しい気持はわかるが、自分で勝手に付けて、外部へばら撒《ま》いちゃ困るね」

人事部長はさげすむような目で彼を見た。

「部長、これをいったいどこで？」

「家内の妹が、きみの奥さんと中学が同じだったそうだ。その同窓会で奥さんからもらったんだよ」

昌枝のやつ！ と上松は唇をかんでうめいた。虚栄心の強い昌枝は、ついにこんな名刺を〝偽造〟して同窓会で配ったのだ。しかし上松はそのことを人事部長に釈明できない。言えば妻の恥を晒《さら》すようなものである。

「このことは内聞にしておくが、これから慎んでもらいたいね。まあきみの焦る気持もわからなくはないがね」

人事部長は、目に少し同情の色を浮かべた。それが同期の川崎と比較にかけたものであることがわかる。それだけに同情はかえって屈辱感を抉《えぐ》った。

――昌枝や子供たちは、いまごろ帰らぬ夫と父の身を案じていてくれるだろうか？――

上松は、妻子を想った。彼の〝希望退職〟が確定したとき、昌枝は、

「あなたが会社をつづけようと辞めようと、あなたの自由よ。でもいまの収入は維持してちょうだいね、いまのあなたの収入はわが家を支えるための最低限なのよ。ということは、男の責任の最低限ということね。啓一《けいいち》は来年大学でお金がかかるわ。そのことも含んでいらっしゃるでしょうね」

と事務的な声で言った。啓一というのが長男であるが、これも下の弟妹といっしょに父親を父親ともおもっていない。昌枝が夫を馬鹿にするのに、すっかり感化されてしまったのである。こんな連中のことだから、送別会の夜、夫と父が帰らないくらいでは、心配もしないだろう。

二次会か三次会で酔いつぶれて、どこかに沈没したぐらいにしかおもっていまい。だがその当人は、だれも二次会へ誘う者もなく、こんな穴の底に〝沈没〟してしまった。

――むすびコ、ころころ
ころりん、すっとんとん――

上松は調子のよい唄声《うたごえ》を聞いたようにおもって、はっと目ざめた。いつの間にか、う

とうとしていたらしい。周囲の闇には静寂が耳を圧するようにたむろしている。夢の中の空耳だった。

上松は、大江則子といっしょに行った東北地方の一寒村で、彼女が村の古老から聞き出した民話をおもいだしていたのだ。

――むがしこ、きこりの爺《ジ》さまが、むすびコ食べよとしでだら、草むらからうさぎが首コ出して見でいるので、ほれエ、汝《あが》ア、食いでいのかと一つ投げたらの。そしたむすびコ穴の中さころがってせ、うさぎもあとさ追ってとびこんだし。どんだば、その穴から、

むすびコ、ころころ

ころりん、すっとんとん

と調子いい唄コひびいてきたし。おもしろがってジさまが、まだ一つ投げ込んだらやっぱし同じ唄コ聞こえてきたおんな、その唄コうかされで、むすびコ一つ残らず投げ込んだし。そえがら重箱まで投げ込んだつおんな。すたら、

重箱、ころころ

ころりん、すっとんとん

と聞こえてせ。

ジさままで、穴の中さずっこけたそな。

ジさま、ころころ

ころりん、すっとんとん
と唄コ聞こえでよう、気がついだら、でっかい広場で、いっぺ（たくさんの）うさぎが餅《もち》コ搗《つ》いていだずおねし——
ここまでは、「団子浄土《じょうど》」や「ねずみ浄土」の説話とともに、仏の住む世界を穢土《えど》に対して浄土とする考え方を表わした、「おむすびころりん爺さん」が、にぎり飯を追いかけて、この世の浄土に行き着き、後生の安楽を得るという古代信仰話と同型であるが、後半が変っているのである。
——そえがら、うさぎはむすびコの礼にとよ、
ジさまの餅つき、ぺったん
うさぎが餅つく、ぺったん
ジさま、臼《うす》の中入れてぺったん
うさぎがつくジさま餅ぺったん
ジさまの、肉餅ぺったんこ
ジさまの肉餅、うめしなあ
みんなで食《くで》らっしゃ——
と爺さんがむすびの礼にと餅を土産にもらうかわりに、逆に自分が餅の中に搗きこまれてうさぎに食われてしまう。
「うさぎ浄土」の民話がいつどのようにしてこの地方で、こんな風に歪《ゆが》められたのか、

学問的に非常に興味をそそられることだが、ディレッタントの域を出ない彼らは「うさぎ地獄」の民話の発見だけで満足して帰った。

今日まで語り伝えられてきた昔話の種類と分類については、『日本昔話名彙《めいい》』と『日本昔話集成』によっていちおうの学問的規準がしめされている。いまだ知られざる昔話を探して聞き歩き、その伝承状況を調査、分類するにあたっても、すでに学問的に整理された規準話種と話型から大きく離れないとされているが、もともとあまり熱心な調査者ではなかった上松たちは、「うさぎ地獄」がどの話種と話型に入るのかフォロウして調べなかった。

ただおもうに、一年の大半を雪に閉じこめられる貧寒な土地にしがみついて一生を生きなければならない村人が、自分たちの運命を悲しんで、民話まで変形して伝承したのであろうか。そこに上松はその村の悲しい歴史を見たとおもった。

あのときの唄が、いま耳に突然よみがえってきた。自分も、あの「うさぎ地獄」に引きずりこまれたのか。そうおもうと、夢で聞いた「おむすびころりん」の唄が耳について離れなくなった。

3

穴の底がうっすらと明るくなっていた。いつの間にか朝が近づいていた。案の定、穴の開口部は、ほとんど草に被《おお》われている。深さ十メートルぐらいの深い縦穴である。やはり、古井戸の跡のようであった。

上松は、ふたたび声の限りをあげて、外へ救いを求めた。そろそろ新聞や牛乳配達が活動する時間である。だが声が嗄《か》れるほどに叫んでも、だれも駆けつけて来る気配がない。

穴の底に声は封じこめられているのか、それとも、人の通行するあたりまで届かないのだろうか。不安が上松の中でしだいに脹《ふく》れ上がっていた。

穴の上方は、完全に夜が明け離れた気配であった。草の被いを分けて吹き込んで来る空気が、朝のにおいである。街路にはもう通勤者が忙しく歩いているだろう。

上松は、またひとしきり叫んだ。依然として上方に変化はない。いまこれだけ叫んでも、人が来てくれないということは、穴の底の気配は、まったく外界に届かないことをしめすものだ。

――もしこのまま、だれも来てくれなかったら――

不安が恐怖になった。食べ物はまったくない。陽転する季節でもあり、地熱があるので、寒気の心配はないが、それだけに死体になったら腐るのも早いだろう。

上松は地底に白骨化していく自分を想像した。餓《う》えや渇きがくる前に発狂してしまうような気がした。

「たすけてくれ！　おれをたすけろ。ヘルプ！　ヘルプミー、SOS、ヘルプミーアウト」

付近を外国人が通りかかった場合も考えて、知るかぎりの英語も並べて救いを求めた。だれも来てくれなかった。胃はすでに無感覚になっていた。落ちてから一滴の水も飲んでいないので、もう小便も出なくなっている。たった一夜のことで身体がひどく衰弱しているのがわかる。実際の体力的な衰えに、精神的な消耗が加わっている。

餓えよりも先に渇きが襲って来た。彼は水滴の音が、耳についていたのをおもいだした。これまで救いを求めるのに集中して、それを漫然と聞きすごしていた。

なんの物音もないような地底であるが、それでも昼間は地上の騒音がわずかに運ばれてくるらしく、水滴の音がどこかへまぎれている。耳を澄まして探した結果、ようやく底に近い壁のくぼみに少しずつしたたっているのを見つけた。

そこに仰向けに首をさし込んで、十五分ぐらいじっとしていると、どうやら渇きを鎮められる程度の水分を摂取することができた。

地上を仰ぐと、すでに午後に入ったような気配である。朝と、光線の方向が逆になっている。草の葉が風に揺れている。揺れる合い間にびっくりするような青い空が隠見する。天心のわずかな一部が切り取られているために、澄んだ青さが濃縮されている。

これまで無関心に見過していた空が、こんなにも美しく憧憬《どうけい》をそそるものだったとは知らなかった。空だけでなく水や空気、草の葉の緑、街の喧噪《けんそう》など、なにげなく身辺を取り巻いていたものすべてが、この地底に封じこめられた身には憧憬の的となる。

——いくらなんでも、そろそろ昌枝が騒ぎはじめているころだろう——

上松は、時間を推し測りながらおもった。送別会に出たまま、翌日の午後になっても帰らぬ夫を、昌枝は、会社に問い合わせる。会社は、定刻に散会して帰宅したと答える。次に上松の立ち回りそうな先が当たられる。そのいずこにも、彼の足跡は残っていない。昌枝は深刻な事態を悟って、警察に届け出る。もう警察の捜索がはじまっているころかもしれない。

しかし、警察が上松の拾ったナガシの車に行き当たる可能性はきわめて少ないだろう。ましてそのナガシから小便をするために〝途中下車〟して、この空地に入って来た足跡の追跡《トレース》はまったく不可能と考えてよい。

——たとえ足跡を見つけられたとしても、昌枝は捜さないかもしれない——

妻のこれまでの冷たい仕打ちをみるに、夫の行方不明に際して熱心に捜してくれるとはおもえない。捜すどころか、厄払いしたようにせいせいしているだろう。

昌枝と結婚したとき、彼女が処女でなかったことはわかっている。上松はそのとき童貞であったが、書物や友人からの耳学問で得た知識と照らし合わせて、処女を推測させるいかなる証《しるし》もなかった。その後の半生の間に、上松も、数は少なかったが妻以外の女体に見《まみ》える機会があった。いずれも媚《こび》を売る種類の女であったが、妻は、それらの女と同じくらいに初めから熟れていたのである。

いまにしておもえば上松と結婚する前に、昌枝は男——それも数人——がいた模様である。

昌枝の過去の男は、だれだったのか？　そのとき彼は、長男の啓一が少しも自分に似ていないことをおもいだした。これまで、似ていない父子《おやこ》も珍しくないので、気にしなかったが、いま穴の底で考えてみると、その不相似には、べつの要素があるようにおもえてくる。

父子は、たとえ顔は似ていなくとも、性格、声のトーン、歩きかた、なにげない動作の断片に血のつながりが現われるものである。それが啓一には、まったくない。

昌枝は、こともなげに「あの子は母親似なのよ、男の子ですもの、あなたのようなうだつの上がらない人に似たら困るわ」と言った。

昌枝が生んだのだから、彼女に似たところがあるのは当然であるが、父親のおもかげをまったく伝えないということがあるだろうか？

「父さんは、仕事に対してもチャレンジする姿勢がないんだよ。だから、いつまでたってもうだつが上がらないんだ。ぼくは父さんのような生き方はごめんだな」

母親の言葉に阿《おもね》るように、啓一が言った。そんなとき、下唇を突き出して、さげすむように笑う。

一瞬、上松は雷に打たれたようなショックを全身に感じた。どうしてこの符合にいままで気がつかなかったのだろう。彼はそんな笑い方をする人間をもう一人知っていた。

つい昨日、その男は、

「きみもいよいよ自由の身か。ぼくなんか、まだまだ当分、会社が解放してくれそうもないよ」と下唇を突き出すようにして笑ったばかりである。

――川崎が、もしかすると……――

上松は、突然捉《とら》えられた疑惑の中にのめり込んだ。

――川崎が啓一の父親になり得るか？――

それがなり得るのだ。啓一は十八歳、上松が結婚して翌年に生まれた子である。当時はハネムーン・ベビーと言われたものだった。もし昌枝と川崎の間に関係があったならば、上松との結婚直前にもった交渉も、啓一に対して射程に入る。

いやべつに射程に入らなくても、さしつかえない。結婚後も上松の目を盗んで、いくらでも不倫の仲を継続できるからである。

――ちくしょう！　川崎のやつ、則子をおれから奪っただけでなく、昌枝まで盗んでいやがった――

衰弱して血がうすくなっているはずなのに、全身に血が沸騰するおもいだった。笑い方の相似だけで、父子と断定するのは早計である。だが、上松は、妻と川崎の間に関係があったと決めてしまった。

いまにしておもい当たることが多い。下の二人はとにかくとして、啓一は初めから上松になつかなかった。幼いころ上松に抱かれると、身体をよじっていやがり、泣いた。昌枝の腕に抱き取られると、いままでむずかっていたのが嘘のように機嫌が直る。

長じてからも、いつも母親の味方をして、父親の無能を嘲《あざけ》り、さげすんでいた。父子でも気の合わないのがいると、自らを寂しく納得させていたが、父子関係など初めからありはしなかったのだ。

むしろ〝実父〟のライバルとして、常に上松を敵視していたのか？

「もしかすると、あの子は……」

また一つべつの連想が導かれた。

──啓一は、自分の本当の父親を知らされていたのかもしれない──

そうだとすれば、徹底的に欺かれたことになる。恋人を奪われ、妻を盗まれ、姦夫《かんぷ》が妻に生ませた子供をわが子と信じて今日まで手塩にかけて育ててきたのだ。

「あいつら……」上松はうめいた。生まれて初めて腹の芯《しん》から本当の怒りがこみ上げてきた。極端な激情の沸騰のために、全身が熱病にかかったように、小きざみに震えつづけた。

「もしこの穴の底から出られたら、必ず復讐《ふくしゅう》してやる」

上松は自らに固く誓った。妻と離婚し、啓一と父子の縁を切り、川崎にペン皿を叩《たた》き返してやる。そして会社に、上松の妻を盗んだ事実を公表してやる。そうすれば、川崎の家庭にも一波乱起り、彼の役員昇格にも必ずや影響するだろう。私行の乱れは、彼のエリートコースに決定的な障害となるかもしれない。

復讐を果たした後で、今度こそ、本当の意味の自分の人生を探すのだ。これまでの自分は、あまりにも他人のために生きてきた。会社のために、妻子を養うために、その傀儡《かいらい》となって生きてきた。

しかしただ一度かぎりの貴重な人生を、他人のために費やすほど、馬鹿げたことはない。これからは、だれのためでもない。自分のために生きるのだ。

――啓一が自分に、挑戦の姿勢がないと言ったのは、このことだったのかもしれない。自分のために生きようとする姿勢、それが人生に対する挑戦になるのだ。

憎い川崎の落とし子だが、言っていることは確かである。

――自分に忠実に生きるために、まずきさまらに絶縁状を叩きつけてやる――

だがそれにしても、この呪わしい穴から脱出しなければならなかった。今度こそ、べつの人生を生き直すのだ。そのためにはどんなことをしても、ここから脱け出さなければならない。

上松は、残った余力を振り絞ってふたたび穴を這《は》い上がった。しかしどうしても上方三メートルほどのオーバーハングした壁を突破できなかった。

二日めの夜がきた。水分の補給はできたが、餓《う》えがじりじりと身体を蝕《むしば》んでいた。穴の中にはもぐらも野ねずみもいなかった。たとえいたとしても、とても食す気にはなれない。

ポケットの底を探ると、だれかにもらったまま忘れていたらしいチューインガムが一枚でてきた。それを嚙《か》んだために、胃が刺戟《しげき》をうけて、さらに激しい飢餓症状に陥った。

あまりの空腹にたまらず、手帳を解体《バラ》して、その綴《と》じ込み部分に水をたらして、糊《のり》を舐《な》めた。

口に入れられるものは、それでなくなった。

その夜は長かった。時折り、風のかげんで道路を走る車の音が、夜の静寂の中を穴の底まで届いた。車の走っている所まで、距離にしていくらもない。

上松は、いつの間にか泣いていた。悔しいのである。これが人里離れた山奥とか、絶海の孤島であればあきらめようもあるが、大都会の中の、人間たちの生活の営みが聞こえるわずか十メートルそこそこの穴に落ちて脱出できない。

しかし、これまでの他人本位の人生から、自分本位の生き方へ切り換えようと決心した矢先に、こんな場所に閉じこめられてしまった。

これが悔しくなくて、なにがくやしいか。その涙は、上松の生きざまに流す涙であった。

4

二回めの朝がきた。消耗はかなり昂進《こうしん》していた。空気が澱《よど》んで、しだいに悪くなっているようだった。息苦しくなっていた。

——そうだ、字の書ける間に、昌枝と川崎の過去の関係と、啓一に対する絶縁状を書いておこう。復讐が叶《かな》わないならば、せめて怨《うら》みの遺言を留めておくのだ——

　手帳は糊代をばらして、糊を舐めてしまったので、頁が解散しているが、〝遺書〟にはなり得る。

　うす明かりの中で遺書を書いていた上松の頭上に、突然土がばらばらと崩れ落ちてきた。びっくりして振り仰いだ上松は、草を分けて穴の中を覗《のぞ》き込んでいる二つの顔を見た。

「こんな所に、穴があるよ」

「危ねえなあ、もう少しで落ちるところだった」

　覗き込んでいたのは、二人の子供だった。

「おうい坊や」

　助かったという突き上げるような喜びの中で、上松は夢中で声をかけた。だれもいないとおもって見下した穴の底から突然、声が湧いたので子供たちは、一瞬びっくりしたらしい。

「坊やたち、逃げないで。おじさんはね、穴の中へ落ちて出られないで困っているんだ。だれでもいいから、近くにいるおとなにこのことを報《しら》せておくれ」

　上松は必死に呼びかけた。いま彼の生死はこの子供たちの手に握られていた。いったん逃げ出しかけた子供は、顔を見合わせて、判断に迷っている様子である。

「お願いだ！　おじさんはね、もう死にそうなんだよ。おとといからなにも食べていないんだ。坊やたちがたすけてくれないと、おじさんは本当に死んでしまうよ」

上松は、せっかく覗き込んだ救いの神を逃すまいと、すがりつくように呼びかけをつづけた。

子供たちの顔が草のかげに消えた。上松の言葉を理解して、救いを求めに走った様子である。間もなく自分が穴に落ちていることは、おとなの耳に入る。すぐに救助の手がさしのべられるだろう。穴から出たら、べつの人生が待っている。まず新鮮な空気を胸一杯吸う。太陽の光を全身に浴びる。それが新生第一歩にすることだ。きっと世界は、まったくちがった彩りに見えるだろう。

子供はなかなか戻って来なかった。耳をすましても、人の駆けつけて来る気配はない。人間が穴に落ちていると報されれば、大騒ぎになるはずである。

不安がまた急速に脹《ふく》れ上がってきた。幼げな子供たちだったから、理解できなかったのかもしれない。恐くなって逃げ出してしまったのか。あるいはおとなたちが子供の通報を信じないということも考えられる。

救われたという喜びが大きかっただけに、ふたたび投げ込まれた絶望の淵《ふち》は、底なしに深い。

——もうだめだ——

体力よりも気力が尽きた。上松はいま、長い闘病の末、ようやく結核を克服した人が、新たにガンを宣告されたような気分になっていた。

自殺をしたくとも、なんの道具もない。この地底に、死が訪れるまでじっと横たわり、静かに腐っていく以外にない。その想像だけで発狂しそうになる。

上松が、土の硬い部分に頭を打ちつけて、死期を早めようと考えたとき、また上方に気配が生じた。

——やっぱり来てくれた——

上松は絶望のどん底からまた救い上げられた。

「おじさん」

先刻の稚《おさな》い声が下りてきた。

「坊やか、おとなに報せてくれたかい？」

「ううん」子供がかぶりを振った。

「どうして？」

また天秤《てんびん》が絶望へ傾きかける。

「ぼくたちでおじさんをたすけることにしたんだよ」

「坊やたちが？」

「うん、つなをもってきてやったよ」

「そうだったのか、それじゃあつなの端をどこかしっかりした所へ縛りつけて、早くおろしてくれ」

「いま下ろしてやるよ。でもその前に……」

子供の声がためらった。

「その前に何だね？」

「おじさんをたすけてあげるから、お礼をもらいたいんだ」

「お礼なら喜んであげるよ」

上松は、子供のガメツイのに驚きながらも、自分をここから救い上げてくれる者にはなにをやっても惜しくないとおもった。

「いまもらいたいんだな」

「いいとも、何が欲しいんだ」

「お金をおくれよ」

「よし、もってるだけ全部やろう。早くつなを下ろしておくれ」

上松は、財布の中身を暗算した。それにまだ数えていないが、送別会でもらった餞別《せんべつ》金がそっくりある。

「先にくれないか。おとなは嘘をつくから信用できないんだ」

「先に？　しかしどうやって？　穴の底から投げ上げられないよ」

上松は、子供らしからぬ人間不信にびっくりした。

「最初にひもにカゴをつけて下ろすから、その中におじさんのもっているお金を全部入れておくれ。そうしたら、次につなを下ろしてやるよ」

「本当に下ろしてくれるんだね」

「信用してよ。ぼくたちは子供なんだから、おとなのように人をだまさないよ」

「よし、それじゃあカゴを下ろしな」

いまはこの子たちに賭《か》ける以外になかった。どうせ、地中にいるかぎり、金は紙くずにすぎない。細引きに結ばれた買物用バスケットがそろそろと下りてきた。上松はそこに持ち金を全部入れて、合図を送った。バスケットはするすると引き上げられた。

「おじさん、こんなにくれて有難う。いまつなを下ろすよ」

声といっしょに、太いロープが投げ下ろされた。

「端はちゃんと結んであるから、大丈夫だよ」

その声を最後に子供の逃げて行く気配がした。上松は、子供とはおもえぬその悪賢さに感嘆した。礼金は前払いさせて、上松がつなを上っている間に逃げてしまえば、金を取り戻されるおそれはない。衰弱した身体でこの古い穴を上りきるには、少なくとも十分はかかるだろう。

その間に子供は安全圏へ逃げ出しているという寸法であった。

――おれよりもよっぽどたくましい――

だがいまは感心しているときではなかった。つなを引くと、安定した手応《てごた》えがある。端は、しっかりと固定されているらしい。上松はそろそろ上りはじめた。子供のしたことだから、固定は当てにならない。固定が外れたら、また絶望の穴へ逆戻りだ。

上松は地上へ戻って来た。まずいきなり飛び込んできた閃光《せんこう》に目を灼《や》かれた。慌てて目を閉じたが、あまりにも巨《おお》きな光量は、閉じた瞼《まぶた》をこじ開けて侵《はい》って来ようとする。ようやく明るさに馴《な》らして恐る恐る目を開く。それでも日の光が弾む雪原のように、瞼に光が氾濫《はんらん》した。

太陽の位置から判断してまだ午前中である。自分を二昼夜閉じこめた草原は、昼間改めて見なおすと精々五百坪程度の空地であった。四方を柵《さく》で囲ってあるが、いくらでも潜り込める。付近は工場や倉庫が多い。

上松は、通りへ出てタクシーを拾った。

「旦那《だんな》、どうしたんです？」

持ち金すべてを子供にやってしまったが、料金は家へ着いてから払わせればよい。

運転手が、上松の泥だらけの服装にびっくりした様子である。

「ゆうべ酔いつぶれてしまってね、野天に寝込んじゃったらしい」

そう言うと、運転手はそれ以上追及せず、上松の命じた場所へ向かって車を走らせはじめた。

家へ帰り着くと、妻が飛び出して来た。

「いったい、どこへ行ってらしったのよ。まあ、本当に心配したわ。会社に問い合わせても定刻に散会して帰ったというし、親戚《しんせき》やお友達の所にも行ってないし、今朝、警察に捜索願いを出してきたところなのよ」

昌枝は一気にまくしたてた。

「捜索願いを出したのか!?」

「出したわよ、いま啓一が学校を欠席《やす》んで会社の方へ行ってるわ。会社でも心配して、昨日からあなたの立ち回りそうな先を手分けして捜しているのよ」

上松は、家人や会社がまさかそれほど自分の行方を熱心に捜してくれているとはおもわなかった。自分など、どうせいてもいなくともどうということはない存在であり、行方不明になったところで、だれも眉《まゆ》一つ動かさないような気がした。

ここでまず上松の気勢がそがれた。昌枝は、本当に夫の行方不明を心配していたらしい。わずか二昼夜のことで、頬がげっそり窶《やつ》れ、目が充血している。父親を軽蔑《けいべつ》しきっていたような息子が、学校を欠席んで、その行方を捜しに会社に行ったという。

妻子に欺かれていた怨念《おんねん》が躱《かわ》された。やはり自分の妻であり、子であるとおもった。

――あれは穴の底に閉じこめられて、疑心暗鬼に陥っていたのだ――

上松は、穴の中での怒りと誓いをはやくも忘れかけていた。

「まあまあ、どうしたのよ、その格好。まるで戦争から帰って来たみたい」

昌枝は、一通りまくしたてた後で、ようやく上松の惨憺《さんたん》たるありさまに気がついたらしい。上松は、送別会の帰途、穴に落ちたことを話した。

「大変だったのね、でもご無事に帰って来られて本当によかったわ。いつでも入れるようにお風呂《ふろ》がわいているわ。さっぱりしてからなにか召し上がるといいわよ」

昌枝は、夫が帰って来た喜びを全身に弾ませながら、上松を浴室へ導いた。昼間から風呂へ入るのは久しぶりであった。明るい湯気に包まれて、温かい湯にどっぷり浸《つか》っていると、家庭のよさがしみじみと胸に迫った。

「ああ、うちはいいな」

「あなた、何かおっしゃった？」

なにげなく漏らしたつぶやきを、着替えをもって来た妻が聞き咎《とが》めた。

「いや、なんでもない」

と答えた上松の胸の中から、妻子に向ける疑惑や、会社から受けたさまざまな屈辱に対する怨念が完全に氷解していた。風呂から上がると、穴の中で書いた遺書を破棄した。

翌日、会社へ心配をかけた詫《わ》びをかねて、捜索協力の礼を述べに行った。

「いやあ心配したよ。車を用意しなかったこちらの落度だが、帰りにどこかへ回るともったんだ。昨日一日、ほとんど全社員が手分けして捜索に当たったもんだから、仕事にならなかったよ。でも、無事でよかった。本当によかった」

会社側も、彼の無事を喜んでくれた。三日前、彼が別れの挨拶《あいさつ》に回ったときとは打って変った温かさで、迎えてくれた。今日は社長もいた。副社長も専務も彼をやさしくねぎらってくれた。常務も「木曾福島」と混同するようなことはなかった。

「きみはたとえ退社しても、わが社の友だ。社友はいつでもフリーパスだ。これからもちょいちょい遊びに来てくれたまえ」

お世辞とはわかっていても、社長の言葉は胸に沁《し》みた。

――やはりおれの二十三年間は、無駄ではなかった――

自分の行方不明に際して、一社が社業を休むばかりにして捜索してくれた。そして社友としていつでも迎えてくれると言ってくれた。

上松はその一言にひどく感動していた。〝社友〟とは、サラリーマン冥利《みょうり》につきるではないか。その感動にしめつけられたまま、上松は、川崎に叩《たた》き返すつもりでもってきたペン皿を、結局、家へ持ち帰ってしまった。

6

上松に対する〝客扱い〟は三日で消えた。昌枝や啓一の彼に向ける視線は、また以前の〝蔑視〟に戻った。今度は、失業者だから、蔑視に「厄介者扱い」が加わった。

「あなた、そろそろ職安へ行ったほうがいいんじゃない。啓一も進学だし、まだまだ楽隠居できる年じゃないわよ」

昌枝は、バキュームクリーナーを構えてテレビの前から上松を追い立てながら言った。

それに対して、啓一の学資は、川崎からもらったらどうだとは反駁《はんばく》できない。それを言うべき唯一の機会はすでに失っていた。穴から出た直後こそ、疑惑を糺《ただ》し、怨念を爆発させ、多年の屈辱をいっきに雪《そそ》ぐべき絶好のチャンスだった。

だが、それを失った後では、あのときのような迫力は出ない。だいいち、上松の気勢が空気の抜けた風船のようになっていた。こんな及び腰でなにを言い、なにをしたところで、せせら笑われてしまう。

上松の行方不明にあって、目を血走らせ、別人のように憔悴《しようすい》していた昌枝は、彼が帰った夜から豚のように、よく食い、よく眠って、翌朝にはすっかり憔悴を回復した。そしてその翌々日には、前以上のふてぶてしい贅肉《ぜいにく》をたくわえた。

もう彼のために日中から決して風呂をわかしてくれなかった。

四日めから、上松は職探しに歩きはじめた。だが四十代の後半に入り、月収最低限二十万を固執する彼に適当な口はなかった。稀《まれ》に収入のよい口があると、たいてい保険、ミシン、百科事典、不動産等のセールスマンで、歩合を計算に入れていた。

こちらの条件を下げてみた。それでも職はなかった。彼は中高年求職者の再就職の想像以上の厳しさを実感した。いまや家における彼の位置は、食客同然であった。そして中高年失業者は、社会の食客でもあった。

「あなた、前の会社に頼んでみたらどうなの。嘱託ぐらいには雇ってくれるかもしれないわよ。前の会社なら、名前も通っているし、少しぐらい前より待遇が落ちてもいいわよ」

　昌枝がけしかけた。

　そうだ、会社は、自分を社友と言ってくれた。もう一度頼みに行けば、そう素気なくもしないだろう。妻の言葉からヒントを得て、上松は、再度前の会社へ行った。だが、彼はここで甘い楽観を粉砕された。

「会社は失対事業じゃないんだ。きみ、なんのために希望退職を募ったかわかっているのかね。退職者をいちいち嘱託で再雇用していたら、どんなに利益を上げていても、追いつかない。きみはたしかにわが社の貴重な社友だ。しかし社友というのは、社の外から、社を温かく見守ってくれる存在だよ。もちろん、社も精神的に社友を扶《たす》けるに吝《やぶさ》かでない。社と社友とは、そういう連帯で結ばれるものだ」

　――精神的に社友を扶けるに吝かでない――うまい言葉だと思った。この言葉にどれほど大勢の人間が欺《だま》されてきたことか。

　死刑囚に神の教えを諭す教誨師《きょうかいし》のようなものだ。死刑囚にとっていささかの慰めとなるものがあるとすれば、同じ死刑囚の言葉だけである。教誨師は死刑にならない。死刑にならない者が、死刑になる者になにを諭したところで、腐木に釘《くぎ》を打つようなものだ。

　会社の言う精神的な扶助とは、所詮《しょせん》そんなものにすぎない。

　上松は、社屋を出た。そんな希望的な依頼心を会社に寄せた自分がまちがっていた。それこそ甘えというものであった。

彼は社屋の前から車を拾った。行先を告げる段になって、行くべき場所がないのに気がついた。

家に帰れば、妻子から厄介者扱いをされる。職安には屈辱と無気力しかない。穴に落ちる前となに一つ変っていなかった。

「旦那、どちらへ？」

運転手がうながした。その声に触発されて、一つの場所をおもい当たった。上松は、行くべき方向を指示した。おおよその見当はついていた。走っているうちに正確な場所をおもいだすだろう。

間もなく、上松は例の空地に立っていた。草を分けて行くと、この前落ち込んだ穴を見つけた。

「あった！」と上松は懐しいものに再会したような声を出した。周囲に人影はなかった。彼にロープを投げてくれた子供たちも他に遊び場を見つけたのか、それとも危険地域として立ち入り禁止になったのか、姿が見えない。

上松は、見おさめのつもりで、周囲の風物を見まわした。心残りはなにもない。

そこから脱《ぬ》け出すためにあれほど悪戦苦闘した穴が、自分の身を寄せるべき最後の場所となったとは皮肉だった。それでも身を寄せる場所があるということは幸せなのであろうか。

上松は、穴のかたわらに立ってしばらくその底を見下ろしていた。すると底の方からかすかに湧いてくる声があった。上松はじっと耳をすました。

――むすびコ、ころころ
ころりん、すっとんとん
重箱、ころころ
ころりん、すっとんとん
ジさま、ころころ
ころりん、すっとんとん

唄《うた》は地底から彼を招き寄せるように湧き上がってきた。しばらく唄声に耳をすましていた上松は、唄の切れ間に、身体を暗黒の縦穴に投げ出した。彼が跳躍すると同時に、唄声は止んだ。

それから間もなく、その空地に所有者から依頼された工事会社のダンプカーが土砂を満載して入って来た。区に、近くの住人からその空地に古井戸の跡穴があって危険だから至急埋め立てて欲しいという投書があったので、区では現場を確かめた上で、土地所有者に埋め立てを命じたのである。

ダンプカーは、穴のそばまで、バックで入って来ると、穴の内部を確認もせず、積んできた土砂を、荷台をはね上げて勢いよく打ち撒《ぶま》けた。穴はたちまちにして埋め立てられた。ダンプの去った草原の中央に円錐《えんすい》形の裸土の山が残った。

オアシスのかぐや姫

平康浩は、近所にある行きつけの喫茶店に早朝、開店と同時に行かないと、一日が始まったような気がしない。

平の家は都下M市内の私鉄沿線にあって、自宅で英語を中心にした小さな私塾を開いている。

商社に勤めていたころ配属されていたアメリカ国内を転々として磨いた英語だけに、ネイティブのような発音と、丁寧な教え方に評判がよく、生徒が集まってくる。

しのぎを削るような商戦に疲れて退社し、自宅で開いた新生活は、戦場から平和な街角へ帰って来たような穏やかな空気に包まれた。

人生は戦うばかりが能ではなく、ゆったりと流れる時間と共に、エンジョイしてこそ充実していると言えよう。

居心地よい生活環境の隅の方に、小さなカフェが朝靄《あさもや》に隠れるようにしてうずくまっていた。店名は「オアシス」、〝憩い〟という意味である。

なにげなくドアを押すと、レトロ調の落ち着いたインテリアデザインの店内に、数人の客が、それぞれのボディ・テリトリー（適当な距離）をおいて坐っていた。高雅な珈琲《コーヒー》の香りが屋内に漂っている。

珈琲にはかなり通じている平は、香りを嗅《か》いだだけで、かなり上等な珈琲であると察知した。

オーダーを聞きに来た女性に、平は、

「この店で最も苦い珈琲を。水を少なく、濃くしてください」

と注文した。

間もなく運ばれて来た珈琲は、まず容器からして名器であり、舌を焼くほど熱い。クリームが珈琲の表面にマーブルを描き、砂糖はペルーシュと称ばれる適宜なサイズのブロックシュガーであった。

かなり上等な珈琲であっても、平が求める条件の一つでも欠ければ、平凡珈琲になってしまう。

彼の求める条件をすべて揃えた珈琲を出されて、平はその日からオアシスの常連になった。

これまで朝の散歩は、平に欠かせない行事であったが、〝朝散〟途上、オアシスに立ち寄って、苦い珈琲を喫《の》むのが重要な日課の一つになった。

珈琲の味、人生の酸いも甘いもかみ分けたような店主や従業員の穏やかな気遣い、落ち着いたインテリアなど、すべて平の気に入ったが、特に早朝からの開店が嬉《うれ》しかった。

酒場は夜と相場が決まっているが、カフェは早朝と相性が良い。特に朝靄の立つ季節の朝が良い。

常連はおおむね朝に集まるが、雪国で雪を身体から払い落として屋内に入るように、早朝の客は朝靄をドア口で払い落として入って来るように見える。

常連は先着の客と挨拶《あいさつ》を交わし、それぞれの指定席に坐る。酒場とちがって、顔馴染《かおなじみ》にはなっても会釈する程度で、言葉も交わさず、ボディ・テリトリーも侵さない。

毎朝通っていると、常連の顔をおぼえてくる。名前は知らないがリタイア派が多い。静かに珈琲を喫みながら新聞や雑誌を読んでいる。流暢《りゅうちょう》な日本語を操る外国人もいる。

八時を過ぎると、出勤前のサラリーマンが立ち寄り、慌しくモーニングサービスを摂《と》り、出かけて行く。

九時半を過ぎると、いったん出社してタイムカードを押した社員が立ち寄り、ゆったりと珈琲を喫みながら、その日の予定を検討する。

十時前になると、幼稚園や託児所に子供を預けたヤンママのグループが集まり、店内はにわかに賑《にぎ》やかになる。

午後からは、PCや資料を抱えて仕事をしに来る者が目立つ。

作家やライターや、受験勉強の予備校生などが来る。自宅の書斎や勉強部屋に閉じこもっているとストレスが大きくなり、集中できなくなるのであろう。

カフェを仕事場として愛用している作家が、

「自宅の書斎は空気が動かず、自分一人、監禁されているような気がして、息が詰まります。カフェは人と空気が動き、言葉が交わされて、かえって集中できます」

と言った。

「賑やかな会話や、騒音は気になりませんか」

と問うと、

「自分に関係ない音や声は、まったく気になりません。むしろ面白いですよ」

と作家は答えた。

平は、メインは早朝であるが、一日に数回は時間をおいてカフェに行く。時間帯によって客の種類や目的も変わるのが面白い。集会や待ち合わせの間に、行きずりの通行人や旅行者が立ち寄る。

だが、なんといってもカフェの最も魅力的な時間帯は、開店から午前八時半までである。それを過ぎると朝靄や朝の気配は消え、太陽の位置が高くなるほどに、窓から望む外の風景が平凡になってくる。

早朝の珈琲は特に旨《うま》い。味だけではない。香りが最も純粋であり、新鮮である。

酒場のように「小皿叩《たた》いてチャンチキおけさ」のような隣り同士の接近はないが、毎朝、顔を合わせていると言葉を交わすようになってくる。

依然として名前や住所は聞かないが、言葉遣いが親しくなる。

常連の中にはリタイアだけではなく、居職（家で仕事をする）の人や、近隣の各種店主や自営業や、家庭教師や、俳人や、夜の仕事の人や、芸能人や、失業者などもいた。

なにをしているのか得体の知れない人もいる。自称ミュージシャンやアーティスト、
ディレクター、コーディネイター、フリーライター、デザイナー、横文字の肩書きを持
つ常連は、なんとなく胡散臭《うさんくさ》い。
カフェは、客それぞれの人生の断片を持ち込んで来る憩いの場所である。仕事場にし
ている者もいるが、オフィスや自宅の書斎とは、一味ちがう。
一流料亭や、レストランや、パーティ会場などでは、衣の下に鎧《よろい》を着ているが、カフ
ェでは鎧を脱いでいる。
敵性の者と出会っても、カフェは非軍事地帯である。人生の重荷や武器をひとまずお
ろして、ほっと一息つく休戦の時空なのである。
ようやく冬将軍が衰え、梅の気品ある香りが漂い、桜の蕾《つぼみ》がふくらみかけている早朝、
オアシスのドアを押すと、平の指定席に先客が坐《すわ》っていた。窓際の、朝景色がよく見え
る席である。
見慣れぬ女性であるが、ノーカラーのジャケット、桜色にプリントのあるワンピース
から芸術的な形の良い脚が伸びて、かたわらにスーツケースとロエベのアマソナ（バッ
グ）が置いてある。
平は現役時代、世界を飛び歩いて、女性の衣服や持ち物に通じた。
かたわらにスーツケースを置いているところを見ると、旅の途上立ち寄ったらしい。
女性は窓越しに放散した視線を、まだ朝靄が未練気に屯《たむろ》している街角に向けている。

初めて見る顔であり、特に途中下車するほどの名所旧蹟《きゅうせき》もない平凡な住宅地のカフェに、常連一番乗りの平より早く立ち寄った、旅中と見える女性は、あたかも異次元の世界から来たように見えた。

セミロングの巻き髪に輪郭は隠されているが、憂いを帯びた陰翳《いんえい》を刻むマスクは、深い女の謎を秘めているように見える。

女性は、店主が運んで来た珈琲をゆっくりと口元へ運び、そして再び放散した視線を窓の外に投げる。

それとなく様子をうかがっている平のことは眼中になさそうである。

女性は珈琲を喫するためではなく、だれもいない、ただ一人の空間で、心を放散するためにカフェに立ち寄ったようである。

心を放散するということは、その前に、なにかに集中していたということである。

「おはよう」

と威勢のよい声をかけて、二番目の常連山野《やまの》がドアを押して入って来た。

それをきっかけにしたように、女性は、平の指定席から立ちあがり、

「ごちそうさま」

と店主に言葉をかけた。

精算してドアを引く前に、〝補助席〟に腰をおろしていた平に、ささやくように、

「せっかくの指定席を塞《ふさ》いで、申し訳ありませんでした」

と軽く会釈を残して、立ち去って行った。

彼女は、いままで坐っていた席が、平の指定席であることを知っていたのである。

彼女の後ろ姿が街角の先に見えなくなった。

「マスター、いまの女性に、この席が私の指定席であることをおしえたのかい」

と問うた平に、

「いいえ。おしえていません。ドアを押して一直線に、先生のお席に向かって坐りましたよ」

とマスターは答えた。

マスターは年齢不詳、一見して六十前後、あるいは五十代半ばかもしれない。若いころ運動で鍛えたような引き締まった体をしている。趣味は散歩、特に夜の散歩だそうである。博学多才で人生百科に通じている。前身は高級官僚、大学教授、大会社の社長などと噂はあるが、だれも確認していない。名前は櫻井《さくらい》であるが、客はみなマスターと称《よ》んでいる。家族の有無は不明であるが、オアシスの二階に一人で暮らしている。

「凄《すご》い美女だったね」

続けて入って来た常連の横須賀《よこすか》が言った。

「なにか深い秘密を抱えているように見えましたが」

「女性はみんな秘密を持っていますよ」

と店主が横須賀の言葉を補った。

「女性の秘密は奥深い。どんなに女歴の深い男でも、その秘密の鉱脈の深さを掘削しきれない」

指定席に坐りかけた平は、席の片隅に置かれている一冊の文庫本を見つけた。

「この本、いまの女性が置き忘れていったんじゃないかな」

平は文庫本を手に取って言った。

「昨夜、店を閉めるとき店内を点検しましたが、遺留品はなにもありませんでしたよ」

と店主が答えた。

「いまの女性の遺留品だ」

平は文庫本を手にして立ちあがった。いまからなら、彼女に追いつけるかもしれない。

常連の数人が同時に店内に入って来た。

「途中でスーツケースを提げた美女に出会わなかったかい」

平が常連グループに問うと、

「駅の方へ行った若い女性がいたな」

「スーツケースを提げ、確かに人目を集める美女だったよ」

「なんだ。みんな見ていたんじゃないか」

常連グループがどっと沸いた。

そろそろ通勤者が来る時間帯にかかっている。その中でスーツケースを提げ、異次元の世界から深い秘密を隠して来たような彼女は、一際、目立ったにちがいない。

平は常連集団と朝の挨拶を交わす間もなく、文庫本を手にして駅の方角へ走った。

駅までの途上、彼女の姿は見えなかった。

平が慌てて切符を買い、上り線ホームに駆けつけたとき、詰められるだけの通勤者たちを収容した電車がドアを閉め、すでに発車しかけていた。

平は彼女が遺留した本を手にしたままプラットホームに立ち尽くして、みるみる遠ざかって行く電車を、虚《むな》しく見送った。

彼女の遺留品の文庫本を手にした平は、少し虚脱したようになってオアシスへ帰って来た。

「間に合わなかったようですね」

店主は慰めるように言った。

「名前も住所もわからない。もしかすると、戻って来るかもしれないな」

「たぶん、それはないでしょう。行きずりの旅行者です。同じ文庫本は、どこでも買えます。一期一会、もしかすると、彼女は三保《みほ》の松原に降りて来た天女のように、雲の上から降りて来たのかもしれない……」

店主は窓に映る蒼《あお》い空に、遠くを見るような目を向けた。

「天女が降りて来てもおかしくない店だよ」

横須賀が言葉をはさんだ。

「先生の指定席に天女が坐った。〝指天席〟だな」

山野がつづけて、一同がわっと沸いた。

いまや、常連はもちろんのこと、通勤者、通行人、セールスマン、ビジネスマン、旅行者、各車両の運転手、各方面の集会、その他の息抜きの場所として「オアシス」はなくてはならない人生のオアシスになっていた。

そのオアシスに一大事件が発生した。

秋が闌《た》けて、凩《こがらし》が吹き始めたとき、隣家から失火して「オアシス」が延焼、半焼してしまったのである。

常連はもちろん、オアシスを愛し利用していた人たちは、しばし茫然《ぼうぜん》となった。

カフェの固定客は、行きつけのカフェがなくなったからといって、簡単に店替えはできない。店に客がついているのではなく、客が店についている。

店主は経済的な事情もあり、新しい店を再建する意欲を失っている。

常連や愛用客は何度か焼け跡に集まったが、いずれも虚脱したようになっていて、具体的な再建策は浮かばない。そして主家を失った家臣団のように、八方へ散って行った。

彼らは人生のオアシスを失ったカフェ難民であった。

一度、近くの居酒屋で店主を慰める会を開いたが、湿っぽくなるばかりで、解散した。

慰める会の後、店主の消息は絶えた。

平は朝、起床するのが虚しくなった。早朝、張り切って行く先がなくなってしまった。

常連たちや利用客にも会えなくなった。街ですれちがうことはあっても、オアシスでのように打ち解けられない。

新たなカフェを見つけた者もいるが、

「オアシス時代が懐かしい」

と、かつての常連の顔に戻って、過去を振り返っている。

「その後のマスターの消息を知っているか」

と問うても、だれも答えられなかった。

行きつけのカフェが、自分の人生にとってこれほど重要な拠点であったことを、平は初めて知った。平、および客たちの日常の拠点が失われて、彼らは日常を失ったのである。

常連たちが集まりオアシス再建の話が出たこともあったが、肝心のマスターの消息が不明であり、再建話は立ち消えになった。

かつての常連に誘われて別の店へ行ったこともあるが、馴染《なじ》めなかった。珈琲《コーヒー》の味は格段の差があり、インテリアは安っぽく、店内は騒々しく、従業員の態度は粗雑であり、客の種類もオアシスとはまったく別の人種のようであった。

第一、朝の開店が遅い。

「仕方がないね。先祖累代の家から、一日で組み立てたユニットハウスへ移転したようなものだ」

常連たちが苦笑した。

「ユニットハウスの窓から朝靄《あさもや》を見ると、火事の煙のような気がしてしまう」

「火事の煙でも見えればよい。壁に窓なんかないぞ。窓があっても隣家の灰色の壁が見えるだけだ。そして正体不明の黒い液体が、歯磨き用のコップに入れて出される」

かつての常連はそんな会話を交わして、顔をしかめた。

そんなとき、平は書斎のデスクの隅に置いていた文庫本をおもいだした。行きずりの旅行者のようなミステリアスな女性が遺留していった文庫本である。

これを発見後、ぱらぱらとページを繰っただけで、中身に深く目を通していない。ゆっくりと読もうとおもっていたときに、火災が発生したのである。

カフェ難民となってから、平の指定席に、旅の途上坐《すわ》った、謎めいた女性の遺留品を、すっかり忘れていたのである。

平は、改めて文庫本のページを開いた。それはヘルマン・ヘッセの詩集であった。ページの間に小さな付箋《ふせん》が挟み込まれていた。その一節に、ボールペンの側線が引いてある。

――それは遠く幼い日、私は月光がこぼれ落ちる芳《かぐわ》しい森をくぐって、懐かしい道を過去へ向かって遡《さかのぼ》って行くと、

忘却の霧にやわらかく包まれているような幼い日々が心の中に甦《よみがえ》り、森を通り抜けると、見覚えのある古い街角が月光に照らされて、美しい伝説のように立ち上がる。――

平は美しい詩文だとおもった。

この詩文に印をつけたのは、彼女が、遠く幼い日に永遠の郷愁をおぼえていたからであろう。

印がつけてあったのは、その節だけであった。カバーはつけていなかったが、買って新しい本のようである。この詩文以外には彼女に関する情報はなかった。

そして、彼女が含んでいたミステリアスな謎は、ヘッセの詩に詠《うた》われたような遠い過去への郷愁からきているようである。

いまさら遺留品を警察に届け出ても、彼女の手に戻ることはあるまい。遺留品集積所で保管中に埋もれてしまうかもしれない。

それよりはオアシスの指定席に遺留されたこの詩集を、平は大切に保存していこうとおもった。

数ヵ月が経過した。彼女とオアシスで邂逅《かいこう》した日が迫っていた。

そして平は、意外な人物から便りを受け取った。

封筒の裏面には京都市の住所と、宮越織枝《みやこしおりえ》という女性的な名前が繊細な筆跡で書かれている。平はその名前に記憶がなかった。

開封した便箋《びんせん》には、次のような驚くべき文言が記述されていた。

――突然のお便り差しあげる失礼、お許しくださいませ。

お忘れかとおもいますが、昨年春先、オアシスという喫茶店で、平先生に御目文字した宮越織枝と申す者でございます。と申しましても一方的に御目文字しただけであり、先生の指定席と知らず坐っていた者にございます。先生のお名前とご住所は、予備校の機関誌で知りました。合格率の極めて高い私塾として、先生のお顔とお名前と共に紹介されていました。

先生のご町内に、私の大学時代のクラスメイトの家がありまして、クリスマスパーティに招《よ》ばれて、道に迷ってしまいました。そのとき偶然出会った方が、友人の家まで親切に案内してくださいました。そして卒業後、クラスメイトの訃報《ふほう》を聞いて、お通夜に行き、そのお宅で一夜を明かし、立ち寄ったのが「オアシス」でした。とても美味《おい》しい珈琲をいただき、友人を失った悲しみが、ゆっくりと溶けていくようでした。

珈琲をいただいてから、坐ったお席が先生の指定席と気がついて席を立ち、駅に着いたとき、お店のマスターは以前、道に迷ったとき、友人の家まで案内してくださった方であることをおもいだしたのです。あれから数年経過していましたので、マスターも私に気がつかなかったようです。でも、いまさら引き返してお礼を言うのも、なんとなく気恥ずかしくて、ちょうど入線して来た電車に乗ってしまいました。

その後、ニュースで「オアシス」が延焼したと知りました。たった一度立ち寄ったオアシスですが、あのオアシスそのもののカフェと、親切なマスターが、あの街から消えたのかとおもうと、とても寂しくなりました。

先生にお伝えしたいのは、私の気持ちではなく、数日前、所用があって上京した折、新宿《しんじゅく》の中央公園で偶然、マスターに出会ったことをお知らせしたかったのです。最初、通り過ぎたときは、ご様子がだいぶ変わっていたので、気がつきませんでしたが、なんとなく気になって、引き返し、お顔を見つめ、マスターであることを確認しました。

驚いたことに、マスターは新宿で路上生活をしておられます。マスターは私に気がつかなかったようですが、マスターにちがいありません。公園の隅の段ボールハウスに住まわれていますが、服装も乱れておらず、顔色も普通で、一見、路上生活者とは見えません。マスターはきっと、お店を失い、自由を求めて路上で生活をしているのではないかとおもいます。

でも、あの美味しい珈琲と、オアシスのような憩いの場所を体験したいとおもっている方たちは多いとおもいます。マスターと「オアシス」の再生・再建を支援する会を立ち上げられたらいいなというおもいを込めて、おもいきって、このお手紙を差し上げました。

オアシスを失ったマスターは新宿中央公園の茂みの奥に隠れて、美しい伝説を追いかけているような気がします。きっとマスターは路上で暮らしているのではなく、伝説の中で暮らしているのではないかとおもいます。かしこ——

手紙は以上で終わっていた。

平は、直ちに常連たちを招集した。オアシスが健在のころは互いに適当な距離を保っていたが、オアシスを失った後、主家を失った浪人のように、なにかといえば寄り集まるようになった。

早速、〝マスター救出作戦〟が始まった。

オアシスには地主がいたが、半焼の建物が残っているので地上権がある。常連の中には大工や建築家がいた。マスターが消息不明になった後もその居所を確保しておくために、人が住める程度の修理を施していた。

早速、常連の有志《ゆうし》が新宿中央公園に行きマスターを見つけた。織枝の手紙にあった地図の場所で、マスターは路上生活をしていた。

半焼の店から持ち出したのか、珈琲を淹《い》れるためのネルドリップやマイルドカップ、デミカップ、豆を挽《ひ》くミル、ポータブルコンロなどのワンセットを用意して、路上仲間に振る舞っている。

地図がなくてもその周辺に懐かしい高雅な珈琲の香りが漂っていたので、すぐにわかった。おそらく織枝もその香りに引かれてマスターを見つけたのであろう。

彼は路上生活者と共に路地の暮らしを楽しんでいるようであった。マスターにしてみれば店と住居と常連たちを一挙に失って、逆に完全な自由を得たようなさばさばした顔をしている。

マスターは、（とうとう見つかったか）というような顔をして、常連たちにも久しぶりのオアシスの珈琲を振る舞ってくれた。

超高層ビルが林立するふもとの公園で野点《のだて》の茶会のように、段ボールハウスを囲んで喫する珈琲《コーヒー》は豪勢な味奥であった。

「以前のようにはいかないが、有志が集まってオアシスを再建した。みんなが待っている。帰って来てくれ」

珈琲を喫《の》みながら平以下有志一同が訴えた。

「いずれ見つかるとおもったが、かぐや姫に見つかっては帰らざるを得ませんな」

とマスターは言った。

「かぐや姫とは……?」

平が問い返すと、

「ほら、先生の指定席に坐った女性ですよ。店で再会したときはすぐにおもいだせなかったが、十年ほど前、月夜の散歩をしているとき道に迷っていた彼女に出会った。月から降りて来たかぐや姫のように見えました。先生が彼女の遺留品を見つけて追いかけたとき、おもいだした。そのかぐや姫に見つけられたのも因縁ですね」

マスターは言って、路上仲間に、

「短いご縁だったが、店の客につかまってしまった。名残惜しいが店へ帰る。路上の暮らしもおつなものだったが、長くいるところではない。いずれ、ついでがあったら私の店に寄ってくれ。路上割引というよりは、あんたたちには無料サービスをする。みんな元気でな。路上で出会ったみんなを、私は忘れない」

と、別れの言葉を告げた。路上の仲間の中には頰を濡《ぬ》らしている者もいた。

「オアシス」は再生した。常連や愛用客が、滅びた主家を再興したように集まって来た。それをマスメディアが紹介したので、新しい客が増えた。

だが、オアシス再興のきっかけになった宮越織枝に感謝と共に、オアシス再開の手紙を出したところ、宛名《あてな》人居所不明の付箋《ふせん》を付けて返されてきた。

平から聞いたマスターは、

「やはり彼女はかぐや姫であった。町内に家があったという大学時代のクラスメイトの後を追って、異次元の世界へ逝《い》ってしまったのだろう」

とつぶやいた。

「まさか。彼女、故人を追って、あちらの世界へ逝っちゃったのか……」

平が驚いて問い返した。

「いや、異次元の世界は無数にあります。宇宙船が星の海の中に迷って母星に帰れなくなったように、彼女もきっと私と出会ったクリスマスの夜に別の星から来て、クラスメイトと愛し合い、彼が飛び立った後、自分の母星を探す旅に出たのかもしれません」

「そう言うマスターも異次元から来たような気がするな」

「オアシスは旅中の空港とおもえばよろし。この店の客はみんな異次元から来ています」

マスターが答えた。

一時の路上の暮らしも彼にとっては異次元の一つだったのである。

永遠のマフラー

矢橋茂雄《やばししげお》の葬儀は、彼の生まれ故郷である飛騨《ひだ》の奥の小さな町の累代矢橋家の菩提寺《ぼだいじ》で営まれた。享年九十六歳。天寿を全うした。

矢橋の長い人生、特にその前半は戦争と深い関わりを持っていた。

二十歳で海軍兵学校卒業、練習艦隊に配乗してヨーロッパ・コース遠洋航海の途についた。

時に戦雲慌しく、彼の期より後は遠洋航海は縮小され、東南アジア方面、または近海巡航となった。

最後の遠洋航海で、矢橋はパリで、アメリカの海軍士官学校《ネイバルアカデミィ》を卒業して、世界一周遠洋航海中の海軍士官候補生（少尉）と知り合った。

彼はダニエル・スワンソンと名乗り、

「近年中にまた会えるかもしれない」

と言って別れて行った。

あの時すでに世界の戦雲慌しく、矢橋はダニエルが、

「戦場で再会しよう」

と別辞を告げたような気がした。

そして昭和十六年（一九四一）十二月八日、日本海軍の真珠湾《しんじゆわん》奇襲によって、太平洋戦争が開幕した。

矢橋は旗艦空母「赤城《あかぎ》」に所属し、戦闘機搭乗員として真珠湾攻撃に参加したのである。

大本営（軍部最高統帥機関）は大戦果と発表したが、肝心の空母は不在であった。地上施設を多少破壊し、湾内にいた老朽戦艦を浅い海に座礁させただけで、我が方は練達の搭乗員五十五名を失った。

これは決して大戦果ではない、アメリカの工業力に物をいわせれば、破壊された地上施設などはたちまち修復してしまい、湾内に腰をおろした戦艦などは、むしろ戦力に数えられていなかった。

日本全国は、これを大勝利として提灯《ちようちん》行列を催し、浮かれ立っている。

連合艦隊司令長官山本五十六《やまもといそろく》以下、この作戦に参加した将兵たちは、

（これでよいのか？）

という欲求不満を胸の奥に抱えていた。

真珠湾（奇襲）が初陣である矢橋は、この作戦で敵戦闘機と交戦し、二機を撃墜した。だが、その前に敵戦闘機の不意撃ちを赦《ゆる》し、矢橋が護衛していた爆撃部隊の一機を葬られていた。矢橋は、味方機を護《まも》りきれなかった自分に、深い責任をおぼえた。

凱旋《がいせん》後、南雲《なぐも》艦隊は資源獲得と称して南方作戦に従事し、連戦連勝、東南アジアから

南洋群島、インド洋の彼方《かなた》まで版図を拡大した。

この間、アメリカは不気味な沈黙のうちに、パール・ハーバーの報復のために着実に戦力を蓄えていた。

そして日米の機動部隊（航空兵力中心）がミッドウェイで激突して、圧倒的に優位を誇っていた日本軍が惨敗を喫したのである。

この作戦にも参加した矢橋は、母艦「赤城」を失い、海面に着水して駆逐艦に救助された。

ミッドウェイ以後、アメリカの反攻に押されて、日本軍は連戦連敗を終戦日まで重ねた。

ミッドウェイの惨敗を、大本営は「敵空母撃沈。我が方の損害軽微」と発表し、ひた隠しに隠した。

ミッドウェイ後、矢橋は太平洋を転戦し、敵機の撃墜数を重ねながら、敗色濃厚のうちに、本土防衛にあたる第五航空艦隊三四三航空隊に転属した。

すでに沖縄を失陥し、沖縄を基地とする米戦爆連合《じゆうたん》（戦闘機と爆撃機）が連日、空を埋めるような大編隊で九州、四国、西日本一帯を絨毯爆撃した。

三四三航空隊では、撃墜王として名高い鴛淵《おしぶち》大尉、林《はやし》大尉、杉田《すぎた》上等飛行兵曹等を失い、しぶとく生き残った矢橋が、三四三空を率いるエースとなっていた。

戦艦「大和《やまと》」は東シナ海・坊《ぼう》ノ岬《みさき》沖に沈み、連合艦隊はすでに壊滅していた。

矢橋率いる三四三空は、制空権をほとんど失った最後の日本の空を護る切り札であった。だが、敵機は雲霞《うんか》のような無限の大編隊を組んで、日本の空を埋めた。

超空の要塞《ようさい》B29を囲み、開戦時は世界一の戦闘能力を誇ったが、いまは高齢化した零《ゼロ》戦《せん》の能力を上回るロッキードP38、グラマンF6Fヘルキャット、F4Uコルセアなどの新鋭機が空を埋め尽くして来襲する。

敵機編隊は無限の戦力を補給できるのに対して、我が方の航空兵力はまったく補給がなく、痩《や》せ細る一方であった。

しかも、新鋭機対高齢化した零戦を年齢的に比べると、米機は二十歳、我が零戦は九十歳以上に相当するという。

九十歳の老人が二十歳の若者の大群を相手に、一歩も退《ひ》かず戦っている。

圧倒的な優位に立つ米軍機も、三四三空機と知ると敬遠するほどであった。

七月末、「敵機大編隊、豊後《ぶんご》水道を北上中」との情報を伝えられた矢橋率いる三四三空十七機は、濃紺に染まるような高空に舞い上がって敵機編隊を待ち受けた。

優勢な小笠原《おがさわら》高気圧に制圧された空は抜けるほどに晴れ上がり、水平線に白い雲が林立している。

敵機の気配はまだ感じられない。だが、戦機が熟しつつあることは全身に伝わっている。

真昼の星が見える矢橋の目が、遠方の暗いほどに蒼《あお》い空間にきらりと光った一瞬の光点を捉《とら》えた。

「敵機発見。戦闘隊形を取れ」

部下の列機に命じた矢橋は、一部隊四機単位の編隊を組み、戦闘配置についた。

すでに一群数十機の大編隊が、その存在を明らかにしながら、みるみる接近して来る。敵編隊も、三四三空の布陣に気づいた。

雲霞のような無限の敵大編隊に対して、我が方はわずか十七機。だが、いずれも千軍万馬《ばんば》、一騎当千の強者《つわもの》揃いであった。

最近の敵編隊は日本軍の航空能力の低下に自信をつけて、低高度から侵入して来る。だが、高高度一万メートルに機位をとって侵入して来るB29に対して、六千メートル限界の零戦は立ち向かえない。

その零戦も老化し、撃ち減らされたと甘く見たB29編隊に対して、敵の動きを読み取っていた矢橋は、絶好の迎撃高度から、舌なめずりをするように、B29に襲いかかった。

しかも敵戦闘機は、迎撃した零戦の編隊が三四三と知って怖《お》じ気づいた。立ち遅れていた宿敵F6Fヘルキャットの護衛陣を蹴《け》散《ち》らした矢橋率いる三四三空は、図体の大きなB29が防御編隊を組む前に、牛や羊を襲う豹《ひょう》のように、絶好の襲撃機位から襲いかかった。

B29編隊は愕然《がくぜん》とした。もはや迎撃能力はゼロと甘く見て鼻唄《はなうた》気分で低空を飛んで来たB29は、防御銃火を集中するために編隊を組む間もなく零戦の餌食となっていた。

B29編隊の指揮官機は尾翼を吹き飛ばされた。コントロールを失った機体は錐揉《きりも》み状態となり、最側近に居合わせた僚機と空中衝突し、大小の光の破片となって空間に飛散した。

落ちて行くB29機長の目に、自分を撃墜した、数えきれない多数の撃墜マークを翼に連ねた零戦が、はっきりと見えたに違いない。

怖じ気をふるった米戦闘機の中には、強敵三四三空と知って空中戦を挑む戦意旺盛《おうせい》なF6Fヘルキャットもいた。

護衛すべきB29二機を一挙に撃墜されて、戦意が燃え上がったらしい。戦闘機同士の空中戦が始まり、その間を縫ってB29編隊は、目的地を目指して進んだ。

圧倒的多数の米戦闘機に対して、わずか十数機の三四三空は千軍万馬の戦技で兵力を補い、対等に渡り合った。

夏の光の漲《みなぎ》る蒼暗い空間は、日の丸と星のマークが入り乱れ、ヘルキャットを食った零戦が、機尾に回ったヘルキャットに食われ、それがまた零戦に食われる。

一種の食物連鎖のような、壮絶な空中戦が繰り広げられた後、編隊を維持する余裕もないままに、乱戦の裡《うち》に彼我共に退いた。

三四三空も空の八方へ散り、編隊を組み直さずに基地の方角へ向かった。一方、ヘルキャットの編隊も散り散りになって、沖縄基地の方角へ機首を返した。

帰投中、矢橋は一機のヘルキャットに出会った。獅子《しし》奮迅《ふんじん》の戦いをしたらしく、機体に夥《おびただ》しい弾痕《だんこん》が連なり、風防は吹っ飛び、主翼の先端は千切り取られ、方向舵《だ》は折れ曲がり、空に浮かんでいるのが奇蹟《きせき》のような機体である。

矢橋機が接近すると、血塗《ちまみ》れになった搭乗席のパイロットと目が合った。彼は矢橋機と翼を並べて、よろよろと飛びながら、矢橋に拝むように何度も頭を下げた。見逃してくれと頼んでいるのである。

だが、これだけ激しい空中戦の痕《あと》を示す敵のパイロットと機体を見ると、我が方の零戦を何機か食っているにちがいないと、矢橋はおもった。

ここで情にほだされて見逃せば、また味方を食うかもしれない。彼我立場を替えれば、敵は矢橋を決して許さないであろう。

矢橋が発射レバーに手をかけたとき、パイロットがポケットから写真を取り出して矢橋の方に示した。

遠目ではあるが、家族の写真らしい。妻子の写真を見せて、見逃してくれと訴えている。

その瞬間、矢橋はパイロットの顔に見おぼえがあった。

（ダニエル・スワンソン少尉……）

矢橋が兵学校卒業後、練習艦隊に配乗してヨーロッパ一周をしたとき、パリで出会ったアメリカの海軍士官候補生である。

あのとき交わした約束を、戦場で果たした。

パリで一期一会の異邦人が、満身創痍《そうい》のよろよろのヘルキャットを必死に操りながら、妻子の許《もと》へ帰ろうとしている。

ダニエルも、パリで出会い、再会の約束を交わした矢橋をおもいだしたのかもしれない。

翼を並べていても二機の間に距離があり、相互の顔を確認はできないが、デジャヴューがパリの約束を証明しているような気がした。

戦いはすでに終わった。双方共に全力を尽くして戦った後、敵に止《とど》めを刺すまでもないと矢橋はおもった。

武士の情け、青春の約束、矢橋は二、三度バンク（翼を振る）して、基地の方角に機首を向け直した。ダニエルが片手を拝むように挙げて、頭を何度か下げた。

それから数日後、戦争は終わった。

矢橋が雲の上でダニエルと再会した当日、日本の政府はポツダム宣言を受諾していた。すでに降伏声明を出した後、矢橋らは米機大編隊を相手に、無用になった本土防衛戦に命を懸けていた。もう少し情報が早く伝われば、真珠湾攻撃以後、戦いつづけ、生き残ってきた戦友の命を失わずに済んだ。それは米軍機も同じであった。

矢橋は、ダニエル機に照準を定めた発射レバーのボタンを押さずによかったとおもった。

長い戦いが終わり、軍は解体し、新しい未来が始まる。

今後、日本はどのようになっていくか、まったく見当はつかないが、出撃の都度、今日が最期と覚悟を改めていた重い緊張から、矢橋は解放された。

夏の空に、砲煙のような白い雲が湧いている。彼を囲む世界は、まったく別の世界のように、夏の光を浴びて輝いていた。

海兵の厳しい訓練、卒業を飾った練習艦隊に配乗して、ダニエルに出会ったヨーロッパ一周航海、そして真珠湾攻撃以後の転戦、明日なき戦いの日々などが一挙によみがえった。

基地では、天皇の詔勅に拘《かか》わらず断乎《だんこ》交戦を主張する強硬派、自殺をする者、茫然《ぼうぜん》として虚脱している者、さっさと郷里へ帰る者など、統率が失われた後の混乱の中に、矢橋はとにかく生き残った実感と共に立ち竦《すく》んでいた。いつの間にか、頬が濡《ぬ》れていた。

そして戦後、零戦に別れを告げて帰郷した。零戦を失った撃墜王は陸に上がった河童《かっぱ》同然である。

日雇い仕事、トラック運転手、闇の運び屋、道路工事、ネギリ(穴掘り)、ホテルの守衛など、生きるために転々としている間に、マスメディアに発見された。インタビューが相次ぎ、講演や出版のリクエストが殺到した。どうにか生活の方途が定まった。勧める人があって、海兵時代の生き残ったクラスメイトを呼び集めて、塾を開いた。これが成功して、全国にチェーンを拡張した。

この間、多くの戦友を失った太平洋戦争を生き残った一人として、戦争の実相と、平和と自由の尊さを全国に講演してまわった。

アメリカからも日本の撃墜王として講演の依頼があり、かつて戦った米軍機搭乗員たちと「昨日の敵は今日の友」として再会した。

だが、ダニエルの消息は不明であり、矢橋を迎えてくれた米軍機パイロット集団の中に、彼の顔は見えなかった。

国土の広いアメリカでは、矢橋訪米の情報がダニエルの耳に届かなかったのかもしれない。

そして今日、矢橋は天寿を全うし、多くの人びとに見送られた。

だが、会葬者の中に、共に戦い、生き残った戦友たちの顔は見えなかった。彼らは矢橋よりも先に、あちらへ逝《い》ってしまったのである。

かつて告別式に会葬し、火葬場で戦友たちの熱い骨を拾った矢橋は、遺族に、

「私の骨を拾ってくれる戦友は、もういなくなりました」

と、寂しげに語った。

告別式が始まった。導師の読経《どきょう》、弔辞、弔電が披露された後、導師、喪主、遺族、会葬者が焼香して、祭壇からおろされた柩の蓋《ふた》が開かれ、最期の別れを惜しむ。

花と共に、故人が戦時中出撃のとき、首に巻いた白いマフラーが入れられる。落下傘の生地で作った白いマフラーは、戦闘機パイロットのシンボルであり、彼が戦後大切に保管していた。

告別と共に、遺族や友人たちによって柩が霊柩車《れいきゆうしや》まで運ばれた。

焼香から、柩を霊柩車に運び、出棺まで、故人に寄り添うように付き添っていた、故人とほぼ同年配と見える白髪の外国人が、会葬者たちの目を集めていた。

矢橋の遺族や、塾の教え子たち、戦友たちの後裔《こうえい》や、海兵のクラスメイトたちの子孫、そして戦後の知人たち多数が告別した後、遺族と、特に親しかった友人たちが火葬場まで
ついて来た。

生を受けて九十余年、その間、戦争と平和、破壊と建設、貧窮と豊潤、暗黒と光明な

ど、一生をもって正反対の社会を矢橋は体験した。

遺体は荼毘《だび》に付され、約一時間後、竈《かまど》から熱い遺骨がスタッフによって、遺族や親族、生前親しかった友人たちの前に運ばれて来る。

木と竹で一対になった箸《はし》を使い、二人一組になって、まだ熱い遺骨を挟み、骨壺《こつつぼ》に納める。

その中にも、見慣れぬ外国人がいた。白髪、深い皺《しわ》に刻まれた穏やかなマスク、かなりの高齢と見えるが、若き日、鍛え上げたような細身の長身は、垂直な支柱のように、すっきりと立っている。

遺骨を待つ間、その外国人は、ダニエル・スワンソンと名乗り、海軍士官候補生時代にパリで出会い、戦場で矢橋に命を救ってもらったと自己紹介していた。

ダニエルと一組になって遺骨を骨箸で挟み骨壺に運んだ少女は、遺骨の主の曾孫《ひまご》である。

「おじいちゃん、アメリカの戦友が、おじいちゃんのお骨を、私と一緒に拾ったのよ」

と少女は骨壺に話しかけた。

「さよならは言いません。これは永遠のお別れではありませんから」

とダニエルは言った。

遺骨の主と、ほぼ同年配のダニエルは、

(自分も間もなく逝く)

と暗に告げていたのである。

春の流氷

八島優介《やじまゆうすけ》は、その老人にかすかな既視感《デジャビュー》をおぼえた。以前、どこかで出会ったような気がしたが、おもいだせない。既視感としても遠い過去のことであり、忘却の瘡蓋《かさぶた》に厚く塞《ふさ》がれている。

一見して七十代後半、あるいは八十代に乗っているかもしれない。一応、人並みの服装をしているが、杖《つえ》を持つ手は頼りなく、足下が危ない。

白髪に黒い毛が交じり、白く長い眉毛《まゆげ》の下に、焦点が放散した眼がある。彫りの深い鋭角的なマスクであり、若いころはかなりのハンサムであったにちがいない。だが、能面のように表情がない。

白いジャケットにグレイのコットンパンツ、散歩でもしているように見えるが、老人の歩き方には目的が感じられない。

散歩であれば、歩き慣れた、あるいは初めての道であっても、外気を呼吸し、時間や季節や天候によって見慣れたはずの風景が、異なって見える。

散歩中、すれちがう近隣の衆や、初めてのエトランジェ、犬の散歩や、多彩な季節の花や、新緑に染まった初夏の薫る風、色づいた秋や、雪化粧を施された街など、同じ散歩道に一期一会の風景や、アウトドアの感触という立派な目的があるはずであるが、老人の放散した眼と無目的な歩行は、散歩ではない。

だが、はるかなデジャヴューを、その老人に感じたことは確かである。

デジャヴューの源を探そうとして過去をさかのぼっているとき、市役所からの市内放送が流れてきた。

「市役所からのお知らせです。市内×番地にお住まいの長坂清《ながさかきよし》様七十八歳が、本日午前七時頃、散歩に出たまま消息を断っております。見かけた方、白いジャケットにグレイのコットンパンツ、長身で杖をついています。見かけた方、またはお心あたりの方は市役所市民安全課まで、ご連絡ください」

市役所の放送を聞いた八島優介の脳裡《のうり》が明滅した。長坂清。忘れもしない名前であった。名前と同時に、無表情なマスクの奥に隠れているデジャヴュー源の顔を、はっきりとおもいだした。

長坂清は、同じ中学の番長であり、全校を支配していた。父親は当時の与党の要人であり、市長以下、町の要人たちも彼の息の下にあった。成績が優秀であった八島は、長坂に妬《ねた》まれ、長坂のいじめの的にされた。

便刑（トイレに行かせない）、解剖（衆目の中で下半身を露出させる）、ゴミ箱（机の中に汚物を入れる）、洗面器（汚水で顔を洗わせる）、物隠し（筆箱その他の文房具、教科書、鞄《かばん》などゴミ箱やトイレに隠す）、無視、マーケット（金品を提供させ、他の生徒に売りつける）、裁判（いじめられっ子を容疑者にしてクラスを裁判所にして有罪宣告）、便所掃除（便器を舐《な》めさせる)、お経(いじめられっ子を死者に仕立てて葬式ごっこ)、代行(いじめっ子に命じられて暴力、盗み、女子に悪戯《いたずら》など）等々、悪知恵を絞ってありとあらゆるいじめをされた。

親の七光を笠《かさ》に着ているだけではない、中二でありながら圧倒的な体力と威勢は、全校だけではなく他校の番長、また高校生までも威圧して、長坂には誰も近寄らない。

優介は何度も自殺を考えたが、卒業までの辛抱と、歯を食いしばって耐えた。心身共にぼろぼろにされながらも、ようやく卒業して、長坂の恐怖の支配から逃れた。

その後は、自由の青空の下、著名な私大を卒業して、グローバルに名の通った会社に入社した。飛躍的な出世はしなかったが、大過なく定年まで勤めあげて、リタイア後は社友として悠々自適の暮らしを楽しんでいる。

入社後、上役の仲介で結婚した妻との間にもうけた三人の子供も、いまはそれぞれ独立している。

リタイア後は、妻と共に海外旅行を楽しみながら、住み着いた都下の町で、妻は各種のボランティアにいそしみ、八島は趣味三昧《ざんまい》に余生を楽しんでいた。

まずまずの人生である。

いまは、長坂にいじめ抜かれた地獄の中学時代がはるか昔の悪夢のように霞《かす》み、何度も自殺を考えた少年期が事実とは信じられなくなっていた。

そして今日になって、遠い過去に霞む悪魔と再会した。

あの恐るべき悪魔が、いまは数十年の歳月の経過に老いさらばえ、自分が何者であるかも忘れて、市中を彷徨《さまよ》っている。

(絶好のチャンスだ)

八島の胸中に数十年、忘却の瘡蓋《かさぶた》を被《かぶ》っていた古傷が疼《うず》いた。長坂はいま自分がどこにいて、なにをしているか、わかっていないにちがいない。自分自身をすべて失い、その脱け殻が歩いている。

だが、脱け殻ではあっても、長坂清という悪魔を収納していた器にはちがいない。

八島は、まずは人並みに現役を果たし、子供たちは巣立ち、妻と共に穏やかに楽しみながらも、なにか重要なものが自分の人生に欠けているような気がしていた。

それがいま、長坂と偶然に邂逅《かいこう》して、我が人生に欠けている部分がなんであるかを悟った。

少年期、学年でトップの成績を独占し、両親および周囲の期待を集めて前途洋々、人生で最も柔軟な清らかな能力と精神を愚弄《ぐろう》し冒瀆《ぼうとく》した長坂清に、なんの〝返済〟もせず、置き去りにするのは、人生の総決算を欠いているような気がしていたのである。

(そうであったか)

大過なき人生と自己満足していた余生に隙間風が通り抜けるような空虚な違和感は、長坂清から発していたのである。

その我が人生の不倶戴天《ふぐたいてん》の敵が、八島の前で自分を失い、彷徨《ほうこう》している。

いまこそ積年の恨みを晴らし、人生の総決算を果たすべき絶好の機会ではないか。

まばらな市の郊外には昼も通行人はほとんどいない。市役所の放送を聞いた者は少ない。

折から太陽が西の地平線に近づき、夕闇が迫りかけている。

かつて圧倒的な体力を誇った長坂が、まったく無防備に、無意識に足の向くまま、うろついている。彼が持っている唯一の武器は杖である。

八島は路傍に手頃な石を見つけた。長坂の背後に近づき、石を彼の後頭部に叩《たた》きつければ、頭蓋骨《ずがいこつ》を粉砕できる。自分を失った長坂には、おそらく自衛の意識もないであろう。

八島が凶器の石を拾って長坂との距離を縮めつつあるとき、長坂は市中を貫く無人の踏み切りに差しかかった。

電車接近の警ベルが鳴り、遮断機が長坂の進路を塞ごうとしたとき、異変が生じた。

踏み切りには長坂と八島以外に人影はない。

（いまだ）

八島が凶器の石を構えて長坂との距離を一挙に詰めようとしたとき、長坂の前を一匹の野良《のら》猫が、踏み切りを渡ろうとして、線路の中央で立ち往生してしまった。

猫の癖で、電車の警笛に竦《すく》み、動けなくなってしまったのである。

そのとき長坂が意外な動きを示した。長坂は遮断機を潜《くぐ》り、接近する電車を見向きもせず猫に近づき、救おうとした。

八島は愕然《がくぜん》とした。彼は無意識のうちに踏み切り内に飛び込み、長坂を引きずり戻しながら、線路脇の窪地《くぼち》に同体となって倒れた。

間一髪、警笛を鳴らしながら電車が通過しかけた。猫は向こう側へ逃げていた。

電車は急ブレーキをかけて一旦《いったん》停止したが、接触しなかったことを確認して、発車した。

ようやく、近くに居合わせた人たちが駆け集まって来た。

「ありがとうございます。命拾いをしました。あなたは命の恩人です。お名前をお聞かせください」

正気を取り戻したらしい長坂が、精一杯の感謝を込めて問うた。

「名乗るほどの者ではありません。あなたは長坂清さんですね。ご家族と市役所が捜しています。ご自宅へお帰りください」

優介は答えた。そして、はっとした。

長坂に対する怨念《おんねん》と、殺意がきれいに消えている。長坂は命の恩人が中学時代のいじめの対象であったことをおもいださないらしい。

彼自身、過去の非人間的行為を忘却の瘡蓋の下に埋めてしまったようである。

「猫は私のただ一人の友です。線路上で身動きできなくなった友を見捨てることができませんでした。唯一の私の友の命まで救っていただいて、心から感謝します」

長坂の頰が濡《ぬ》れていた。斑《まだら》ぼけが踏み切りで一時回復したらしい。

晩年、猫を友に寂しい生活をしていたのであろう。野良であっても、迫り来る電車の前に竦んで動けなくなった猫を見殺しにできなかったようである。

優介にも、猫を無二の友にしていた時代があった。

優介は、長坂のいじめの最中、何度も自殺に誘惑されたが、野良出身のクロに引き止められた。

臆病《おくびょう》で警戒心の強いクロは、人の気配がするだけで逃げたが、優介だけには、波長が合ったのか、彼が在宅しているときは家の中に上がり込んで来た。

優介は、もし自分が自殺をすれば、クロは野外に置き去りにされる。餌もなく寒い夜には凍死してしまう……とおもうと、自殺できなかった。いまおもうと、クロが優介の命を救ってくれたのである。

その後、クロは優介と共に十八年暮らした。クロの骨壺《こつつぼ》は、いまでも身近に置いてある。

長坂に救われた野良もクロに似ていた。その野良も、優介の命を救ったクロの生まれ代わりであったかもしれない。そうおもうと、積年の恨みは春の流氷のように静かに消えていった。

早速、市役所に連絡を取り、駆けつけて来た家族に引き取られた長坂は、斑に戻った正常な意識で、

「ご迷惑をおかけしました。きっとチビクロが首を長くして、私を待っています」

と、目を瞬きながら、頰を紅潮させて礼を述べた。そのとき少し離れたところから、猫の鳴き声がした。

二人が協力して救った黒い野良猫が、そこにうずくまって鳴いていた。

初夜の陰画

1

「市価調の方は二の次でよいから、一つ新婚旅行のつもりでゆっくりしてこいよ」

田村《たむら》接客課長は穏やかに笑いながら、交通公社のクーポンと、〝市価調〟費用の入った封筒をさし出した。

高橋《たかはし》は課長の好意をしみじみとかみしめて、公認の早退をした。ロビーにはすでに妻の規子《のりこ》が待っていた。

明るいベージュのアンサンブルに、えり元に緑と茶の縞模様《しまもよう》のスカーフをあしらった規子は、披露宴会場からそのまま新婚旅行へ発《た》つような清楚《せいそ》な美しさにあふれていた。

高橋は東都ホテルの社員である。東都ホテルは業界最古の伝統と、最大の規模を持つ老舗《しにせ》であり、長いあいだホテル市場のイニシアチヴを握ってきた。

ところが昭和三十年代の後半にはいるや、保有客室数五百室クラスの巨大ホテルがあいついで建設され、東都ホテルの独占はくずれた。

その中でも東京オリンピックと共に開館したホテル大東京は、地上三十四階、客室数二千、収容客数三千六百、総工費二百七十億円の超巨大設備をほこり、東都ホテルを圧倒した。

ホテル大東京の出現によって東都ホテルは「業界第二位」に転落したのである。

しかし東都ホテルもおめおめ第二位に甘んじてはいなかった。ひそかにホテル大東京を上回る新館の建設を計画する一方、ともすれば伝統の上にあぐらをかきやすい従来のサービスを、文字どおりの業界一にするために、〝市価調〟と称する同業者調査を徹底して行なっている。

これは、宿泊部門や飲食関係者が客を装って、都内の同業各ホテルに泊まり、それぞれの専門分野別に、相手方の商品や、サービス内容を徹底的に調べ上げる、一種の産業スパイである。

ホテルというものは、もともと公共的性格が多く、〝社秘〟を守りにくいものであるが、この業界は人事の横のつながりが多く、たがいに顔を知られているので、同業者調査などというものはあまり行なわない。

行なわないことが、業者の〝仁義〟ともなっている。

ところが東都ホテルでは、業界に顔を知られていない新入社員や、社歴の浅い者を使って、この同業者調査を徹底的に行なったのである。

高橋が市価調担当者にえらばれたのも、入社してまだ二年そこそことというところをかわれたからである。

つい半年ほど前にエレベーターガールをやっていた奥村規子と結婚したばかりのほや

ほやであるが、貧しい二人は、新婚旅行へ行くゆとりもなかった。

それを、仕事には酷《きび》しいが、なかなか人情味もある田村課長が、わざわざ彼らのためにホテル大東京の新婚用豪華室の市価調を設定して、彼らに担当させてくれたのであった。

田村が市価調は二の次でよいといってくれたのはそのためである。いわば、これが課長からの贈り物だった。封筒の重みは規定の調査費よりもかなり多いことを示していた。それだけに課長の好意が胸に迫った。

2

「まあきれい！」

車がホテル大東京の前庭に入ると、規子は嘆声をあげた。地上三十四階、軒高《のきだか》百二十メートルを誇るホテル大東京の巨体が、ほとんどすべての窓に光を満たして都会の夜空に聳立《しょうりつ》している姿は、東都ホテルを見なれている目にも、いや見なれているからこそ、ひときわ、圧倒的に迫ってきたのである。

こんな新婚旅行の「代用品」に、こんなにも嬉《うれ》しそうにしている妻を見るにつけても、高橋は、彼女に対して申しわけないという気持と、新婚旅行も満足にしてやれないふがいなさに胸をかまれた。

課長の言葉があるにしても、市価調はあくまでも仕事、それもかなり高い緊張をしいられる仕事であって、新婚旅行そのものではない。

妻がはしゃげばはしゃぐほどに、高橋は心身が緊《かた》くなってくるのを避けられなかった。

正面玄関でドアマンに恭しく迎えられ、ボーイにフロントカウンターへ導かれる。いつも自分が行なっていることを、他人にされるのは妙にくすぐったい気持であった。

広いロビーを横切り、フロントへ進むうちに何となく異様な気配が身に迫ってきた。到着客を受けつける客室係に人だかりがしてそれぞれに高声でなにか怒鳴っている。

それがホテルの優雅なムードにひどくなじまないものとなっていた。

「なにかあったんですか？」

案内のボーイに訊《たず》ねても、とまどったような表情を浮かべるだけで、はっきり答えない。騒ぎの原因は知っているのだが、言いにくい――そんなボーイの様子だった。

「一体、どうしてくれるんだ!?」

「ちゃんと確認書を持ってるんだぞ」

「そんなムチャクチャあらへんやろが、うちらはこないに金を払《はろ》うて、クーポンこうて来たんや、まるで詐欺やないか」

客室係の前にたかった人群れは、そんなことをてんでにわめきながら、次々に到着する客を加えて、騒ぎはますます拡大されていくようである。

「ははあ、オーバーブックしたな」

高橋はさすが商売がら、すぐに騒ぎの原因を理解した。

「オーバーブック?」

エレベーターの担当で、フロントの方の専門用語をよく知らない規子が不安そうに高橋の顔を見た。フロントの異様な気配は、彼女にもそのまま伝わっていたのである。

ホテルの予約というものは、前金をはらっておく必要はない。だから客の中には、予約だけしておきながら、何の連絡もせずに、来館しない者がある。これをノーショウと呼び、全予約の中の十パーセントから十五パーセントを占めている。

したがって予約を客室の数だけに止《とど》めておいたのでは、絶対に満室にすることはできない。ここにホテルは売れ残り(空室)の出ないように、ノーショウをあらかじめ見越して、保有客室数を超えて、予約を受けつけるのである。

たとえば百室のホテルで一室あたりの予約を一件、平均ノーショウ率を十パーセントとすれば、百件の予約を取ったのでは九十室しかふさがらない。これを百室すべてふさぐためには何件の予約を取ればよいか?

この数値は、予約受付数をxとして次の方程式によって得ることができる。

$100:90=x:100 \to 90x=10000 \to x=111.111\cdots$

つまり百室の場合百十一室分の予約を受けつければ十一室のノーショウがあって、めでたく満室となる勘定である。この操作がオーバーブックと呼ばれるが、よく考えるまでもなく、これが非常に危険であることはすぐわかる。

十一室分の超過受付は、あくまでもホテル側の見込みノーショウに基づいている。見込みどおりノーショウがあればよいが、これらがすべて到着した場合、ホテル側は予約を受けつけておきながら、提供すべき客室を持たないという重大な契約違反をおかすことになる。これがオーバーブロウ、俗称「パンク」と呼ばれるものである。

特に最近の都市ホテルでは、単に寝室用として部屋を取る客はきわめて少なくなっている。ビジネスの連絡場所や、接待に、あるいは新婚の初夜などに、それぞれ重要な用務や行事と結びつけて利用している。

このような客が、ホテルの売上増加策の犠牲となって泊まれなくなったら、それは単に一夜の宿を取り損ったという問題ではすまされなくなる。

だがなぜホテルは、そんな危険な商法をあえてやるのか？

それは客室という商品の特殊性にあった。たとえば家電製品や車などの販売においては、今日売り損っても、ストックして明日売ればよい。

だが客室はその日その日が勝負だ。今日売り損った客室は永久に売り損ったのである。ストックが利かないという点で、肉や野菜などに似ているが、それらは腐ってもスクラップ価値はある。

だが売り損った客室にはスクラップ価値すらない。しかもこのように「腐敗性の高い商品」の予約において、航空機や、列車の座席のようには前金を取らない。

口約束だけで予約契約が成立し、客は平気で取消したり、ノーショウしたりする。それに対して取消料を請求しない慣習である。

だからホテルとしては、満室だといって予約申込を断わりながら、空部屋を出すと、みすみす売れる部屋を売り損ったことになる。シーズンに客室稼動率（保有客室数に対する売れた部屋の割合）が九十パーセントなどという数字を出すと、それをよい成績と考えるどころか、企業に与えた「永久の損害」として責任を追及されるほどの酷しさなのである。

だから危険を承知でオーバーブックするのだ。

その夜がちょうど生憎《あいにく》そのオーバーフロウにあたったらしい。

ますます拡大される騒ぎに、規子もようやく事態をおぼろげに悟ったらしい。

「ねえ、大丈夫？」

「心配ないよ、僕らクーポンを買ってあるから」

高橋は妻の不安を鎮めるように言った。

クーポン客は旅行社に金を前払いしてあるから、オーバーフロウの時でも最優先に部屋を与えられる。それに彼らの部屋は、数の少ないスイートだからめったに溢《あふ》れる心配はなかった。オーバーフロウの原因たるオーバーブックは、もともと部屋数の多いシングルやツインに対して行なわれるものだったからである。

ところがその夜のホテル大東京のオーバーフロウは、そんななまやさしいものではなかった。

「なんだって？　スイートもないって」

フロントの人混みをかき分けてようやく担当クラークの一人をつかまえた高橋は、クーポンを呈示して、愕然《がくぜん》とさせられた。

「なんとも申しわけございません。本日予約受付上の事務の手ちがいがございまして、もう一室もないのでございます」

高橋と同年輩ぐらいのクラークは、ひたいに脂汗をにじませ頭を下げた。もう何度となく同じようなせりふを言いつづけてきたのであろう。

同業者だけに、高橋には彼の辛《つら》い立場がよくわかった。しかしいまは同情をしている場合ではなかった。

課長の好意による市価調に来ながら、オーバーフロウで泊まれなかったとおめおめ帰れるものではない。

特に同業のプロフェッショナルとして、ここは何が何でも客室にありつかなければならなかった。

「事務上のミスがあろうがなかろうが、そんなことはこちらの知ったことじゃない。ちゃんと金を払ってクーポンを買ってあるんだ。金を先取りしておきながら、商品を渡さないなんて、まるで詐欺じゃないか」

「はっ、まことになんとも」

クラークはただ恐れ入るばかりである。クーポンを買ったスイートの客を溢れさせるほどであるから、その夜のオーバーフロウはよほど凄《すさま》じいものにちがいない。

大体、オーバーフロウというものは、深夜すぎに発生するケースが最も多い。その夜はまだ十時少し前だった。

そうこうしているあいだも、客は間断なく到着している。気の強い客はフロントでわめき、気の弱い者はフロントに近寄ることもできずに、ロビーでただ呆然《ぼうぜん》としている。その中には明らかに新婚と知れるカップルも何組かあった。

ホテル側に〝隠し部屋〟があるとしても、早い者勝ちである。「新婚、クーポン、スイートの予約」という最優先条件も、ぐずぐずしていれば、同じ条件に立つ客の到着によって、あまりききめがなくなってしまう。急がなければならなかった。

高橋の目が周囲の客以上に血走ってきた。

別に打ち合わせておいたわけではなかったが、この時タイミングよく規子がしゃくり上げはじめた。

新婚旅行の代りだといわれて、張り切ってやって来たのが、ホテル側のミスにせよ、泊まれそうもない気配なので、感情が一気にこみ上げたのであろうか。

「わ、わたしたち、新婚旅行なんです」

規子はしゃくり上げながら言った。騒然としていたフロント一帯が、一瞬シーンとなった。

ところがこれが思いもかけない効果を発揮した。

「大橋様でございましたね、ちょっとお待ち下さいませ」

担当のクラークは女に泣き出されてうろたえたらしく、奥へひっこんだ。上司に諮るためであろうか。大橋というのは、この市価調のための高橋の偽名である。

待つ間もなくクラークは、三十前後のシャープな顔つきをした男を伴って来た。

「大橋様、どうぞこちらへ」

シャープな顔の男は高橋に言った。フロント裏の小部屋へ導くと、彼は、

「大町《おおまち》と申します。フロントの責任者でございます。今夜は当方の手ちがいで大変なご迷惑をおかけいたしまして、なんとも申しわけありません」

と丁重に頭を下げた。

「お詫《わ》びなどどうでもいいですから、部屋をなんとかして下さい。家内は疲れています」

高橋は語気をゆるめずに言った。このように一般客から隔離された場所で、責任者が応接してくれるのは、見込みがある証拠である。

「はい、さっそく」

と答えて大町は一瞬、ためらう様子を見せたが、すぐにきっぱりと、

「君、3247号室のキイを持ってきてくれ」

と一緒について来た部下のクラークへ命じた。

「3247号室？　インペリアル！　主任、その部屋は明日、ブライアント首相が入ることになっています」

部下は吃《ども》った。

「いいんだ、僕の責任において提供する」

大町はきっぱりとうながした。

インペリアルルーム。それはホテル大東京も一室しかもたない、一泊十万円もする超豪華室である。国公賓か、よほどの大物でなければ泊めず、ふだんはホテル大東京の社長、古荘商太郎《ふるしようしようたろう》が、居室に使っているといわれている業界でも有名な部屋だ。

それをたしか西側の大国A国の首相ブライアントが滞日中使用するというニュースは知っていたが、それが明日からとは、いま初めて気がついた。

ブ首相の東京宿舎をめぐって、東都ホテルも外務省すじに激しく働きかけたのだが、結局設備において最も優れているホテル大東京に取られてしまった。

そんな話を、高橋は会社の幹部からチラと聞いたことがあった。その部屋を大町は自分たちに提供しようとしている。

ふつう国賓クラスの客が泊まる場合は、前夜は空室にしておくものである。他客を泊めて体臭が残ったり、部屋を汚されたりすることのないように予防のためである。

その大切な部屋を、大町は自分たちに提供しようとしている。いかに規子の泣き出したのがタイミングよかったとしても、これほどの効果を発揮しようとは思わなかった。

しかし大町としても、インペリアルルームを自分の責任において提供しようとしているのだから、相当の覚悟をしている。職を賭《と》しているといっても誇張ではなかった。それだけに、彼の好意は有難かった。

インペリアルへは大町自らが案内してくれた。

「それではどうぞごゆっくり」

大町が去ると、地上最高の豪奢《ごうしゃ》の中に二人だけが取り残された。

カーテンを開くと、いくらか密度が粗くなったとはいえ、大都会の光の密集が視野のかぎりに広がっている。闇を彩る多彩な光玉は都会の瘴気《しょうき》を駆逐して、ただ美しさだけを強調しているようであった。

「すばらしいわあ」

窓辺に立ちつくして二人は、今宵、はからずもホテル大東京のオーバーフロウが贈ってくれた豪華なプレゼントに見とれていた。

3

「いま泣いたカラスが」

「意地悪！」

嵐が過ぎ去り、汗ばんだ肌がサラサラと乾いていくのを、密着したたがいの肌で知りながら、二人は行為の後の、密着の姿勢を緩めようとはしなかった。

「今夜が僕らの本当の初夜のようだね」

「私もそんな気がする」

規子は裸の肌をさらに強くすり寄せた。いままで一度でも豪華と名のつくものを味わったことがあったろうか。わずかな友人と身寄りの者だけに会費制で集まってもらって、場末の喫茶店の二階であげた結婚式。ホテルマンの給料は安く、勤務は不規則である。普通の会社とちがって、ホテルは二十四時間営業である。売り物は、客を王侯のような気分にさせる歓待だ。

だがそのホスピタリティが、ひとが眠り遊んでいる時も働き、客のエリート意識を最高に満足させるための、従業員の、召使いとしてのサービス精神によって支えられていることを認識している者は少ない。毎日毎日、客にかしずいて暮らすうちには、救いようのないやり切れない思いに胸をかまれることがある。

商社や銀行へ入った同年輩の連中は、そろそろ客となってやって来る。まだまだ日本における接客業者の社会的地位は低く、同じ年齢における客とサーバントという身分差を、職業意識で割り切るのは難しい。

しかもその職業から得る報酬は、社会の一般水準よりもはるかに低いのだ。結婚しても共稼ぎをしなければ絶対にやっていけなかった。

物資よりも愛情が大切だとはいうものの、あまりに貧しい生活は、その愛までもひび割れさせる。

しかし気の優しい規子は必死にそれに耐えて、共働きしてくれている。それだけに今夜の豪華な贈り物は、今まで二人が味わうひまのなかった新婚の甘いムードを一気に取り返してくれるものであった。

ムードに酔って規子は、そろそろ二度目の導入に誘いこもうとしていた。また若い夫は充分それに応《こた》えうる状態になりつつあった。

だが高橋は、新婚の夫である前にやはり男だった。妻の温かく柔らかい躰《からだ》の中に埋没する前に、〝市価調〟で来ていることをおもいだした。

「どうしたの？」

いきなり癒着した肉を捥《も》ぐようにして躰を離した高橋に、規子は軽いおどろきと不満を交えた声で言った。

「課長に部屋番号を連絡しなければ」

「そんなこと後でいいじゃないの」

若い妻は鼻をならした。

「いや、仕事は先にすましてしまったほうが気分がゆったりするよ」

高橋は不満顔の規子をベッドに残して別室へ行った。電話は枕元にもあったが、彼は夫婦のプライバシーのこもる寝室から、上司に業務上の連絡をしたくなかった。

今夜、課長は宿直で、ホテルの方にいるはずだった。田村はすぐに電話口へ出た。

「インペリアルへ入ったと。そいつは豪勢な部屋をせしめたな」

驚くと思った田村の声は意外と平静だった。とりあえず業務的な連絡をすまして送受話器を置こうとした高橋に、課長の声が追いかけてきた。

「その部屋はたしか、明日ブライアントが入る予定になっていたな」

「そうですが……」

東都の接客課長だけあって、ライバル社のＶＩＰ（重要客）が入る部屋まで知っているのはさすがだった。

「こりゃあ、めったにないチャンスだぞ」

「チャンス？」

「そうじゃないか、君らが泊まっている部屋に、あと十数時間後に、戦後最大の訪日大物客といわれるブライアントが入るのだ」

それがどうしてチャンスなのか？

高橋はとつぜん変なことを言い出した課長の意図がわからなかった。田村はそれを説き明かすように、

「もし君らがその部屋に居坐《いすわ》ったら、ブライアントは入れなくなるじゃないか。インペリアルは一室きりない。代替の部屋はないのだ」

「しかし居坐るなんてできませんよ」

「できるさ。睡眠薬を服《の》むんだよ。つまりだな。君らはその部屋で偽装心中をするのだ。国賓に提供すべき部屋を、他客に提供したのみならず、その部屋で心中未遂事件を惹《ひ》き

起こしたら一体どんなことになるか。ホテル大東京の面目はまるつぶれどころか、外務省すじの信用も完全に失われるだろう。ここのところ大東京に差をつけられつづけのウチが巻きかえす絶好のチャンスじゃないか」

「し、しかし課長」

「できないはずはないだろう。なにも本当に死ぬんじゃない。睡眠薬をちょっと余計に服んで、後はゆっくり眠るだけだ。それだけの手間でライバルは致命傷を受け、我が社は息を吹きかえす。ブライアントもこっちへ来るだろう。いや必ず来る。インペリアルに次ぐスイートはうち以外にはないからな」

「でも僕らが眠っている間に、ひそかに担ぎ出されてしまうでしょう」

「睡眠薬を服む前にできるだけ部屋を汚しておけ。君らが担ぎ出される前に、こちらから救急車を送るように手配する。ことが公けになれば、いかに大東京が鉄面皮でも、心中があった直後の部屋を、国賓に提供することはできまい。いや外務省がさせない」

「で、でも私は睡眠薬を持っていません」

　高橋は釣り上げられた未練がましい魚のように必死にもがいた。できうるならばそんないやな〝仕事〟はしたくない。

「君も案外、にぶいな。そんなものはロビーの売店でいくらでも売ってるよ。まだ店は開いているよ。もしなければこちらから届けてやってもいい」

　課長の言葉はあくまでも冷徹だった。つい数時間前に見せた温情味とはまるで別人のようであった。あるいはこれが企業戦士としての彼の真の姿であったのかもしれない。

「いいか、君以外にはできないことなんだ。我が社の大きな企業的利益の得喪がかかる作戦は、君だけができる位置にいる。企業の競争はオリンピックじゃない、勝たなければ意義がないのだ。頼む！　やってくれ」

田村は口ぐせの「企業競争論」を出して頼んだ。頼むとは言っても、それは命令だった。

高橋はその命令を断われなかった。断わるだけの勇気を持ち合わせていなかったと言ってもよい。

サラリーマンにとって直属上司は社長より偉大である。

ましてや田村のように有能な上司ににらまれたら、もはや東都ホテルにおいて二度と浮かび上がることはあるまい。

それにいやな仕事ではあっても、これは自分に与えられた大きなチャンスではないか。ここで田村の命令どおりに動き、首尾よくオペレーションに成功すれば、田村は必ずやこれから自分を引き立ててくれる。

東都ホテルのエリートの中のエリートとして社長の信任も厚い田村に〝貸し〟をつくっておくことは、自分の将来に大きなメリットになる。

高橋は結局、サラリーマン的保身と野心から、田村課長の命令を受けたのである。

高橋夫妻の新婚の閨《ねや》は、たちまち酷《きび》しい商務工作の場となった。

高橋に当面課せられた問題は、〝余韻〟とムードに陶然としている妻に、どうやって睡眠薬を服ませるかということであった。

田村との通話を終えて寝室へ戻ると、規子は待ちくたびれたとみえて、スヤスヤと健康な寝息をたてていた。かけ布がめくれて、乳房が豊かなボリュームを惜しげもなく露出している。

高橋との抱擁の姿勢のまま寝入った妻は、間接照明の柔らかな光の下に、周囲のすべてを信じきった者の、安らかで無防備な眠りを貪《むさぼ》っていた。

だが高橋は、社命と保身のために、その眠りを醒《さ》まさなければならない立場にあった。少しでも妻の眠りを長くしてやるために、彼はひそかに身支度をすると、足音を忍ばせて部屋を出た。睡眠薬を手に入れるためである。

4

売店でクスリを手に入れた高橋には、もはやこれ以上、引き延ばすべき口実は何もなかった。バルビツール酸系のフェノバルビタールは、催眠作用が強いだけでなく、持続時間が長い。

今これを極量以上、致死量に充《み》たない量だけ服用すれば、明日の、いやすでに午前零時を回ったから今日の、ブライアントの到着まで確実に居坐ることができるだろう。

国賓のために用意された客室でその到着寸前に心中未遂事件が発生する。外務省や警察からも接遇準備の確認に来るだろうから、何も東都ホテル側が〝救急車工作〟をしなくとも、まず事件を隠しとおすことはできまい。ホテル大東京側の狼狽《ろうばい》が目に見えるようであった。

それほど重大な商務工作のために、あと為すべきことは、規子を揺りおこし、睡眠薬を、仲良く分け合って服むだけでよい。

そんな権利は自分にはない。いや、誰にもない。

だがもしそれを自分がしなければ、東都ホテルにおける将来は確実に諦《あきら》めなければならない。それをすれば――

彼らにこの豪華な〝初夜〟を贈ってくれた大町というフロントチーフの顔が浮かび上がったのはその時だった。

もし自分がそれをすれば、大町は確実に職を失うだろう。自分らが交通公社から買ったクーポンは一万円のスイートだった。そのクーポンで大町は十万円のスーパーデラックスイートを提供してくれた。しかも翌日には国賓が入る部屋をだ。いかにそれがホテル側の予約受付上のミスによるものであっても、並々ならぬ好意と、高橋に対する信用がなければできないことである。

もし万一高橋が急病でも発して（悪意によらない）出発できなくなったらどうするか？ あるいは首相到着までに修理できないような部屋の故障をおこされたらどうする

つもりか？　そしてその危険性がまったくないとは言えないのである。

大町はそれら危険性のすべてを、フロントチーフとしての経験から充分承知していたはずだ。それにもかかわらず彼は、自分一人の責任と判断において賭《か》けてくれたのである。

そこには客とホテルマンとしての関係を超えた、人間の温かみがあった。

自分はいま、このクスリの一服《ひとの》みによって現代では稀少《きしょう》価値になった人間性の一切を否定しようとしている。

自分が生存するためには、そこまでしなければならないのだろうか？

高橋の心は乱れた。

――服むべきか？　服まざるべきか？――

いくら考えても、いたずらに時間が経過するだけで、決断がつかなかった。

「企業の競争は、オリンピックではない。参加することに意義はなく、勝つことのみに意義がある」

田村課長の口ぐせが、長い思考の空転の末に、高橋の頭によみがえってきた。

（そうだ、自分はサラリーマンとして生きていかなければならない。そしてそうと決めたからには競争に勝たなければならないのだ）

高橋はようやく結論に達した。彼は妻の肩に手をかけた。そっとゆすると、その軽い力は、彼女の楽しい夢に伝わったのか、寝顔に薄い微笑を浮かべた。

「規子」

高橋が小さく呼ぶと、夢うつつの中で返事をした。さらに力をこめようとした高橋の手をふとこわばらせたのは、規子が次のような意味の言葉を言うからである。

「あなた……幸せだわ」

「幸せ?」

高橋が聞き返した時には、規子の意識はふたたび深い眠りの中へ引き戻されたとみえて、健康な寝息が返ってきた。

可哀想に、この女は市価調の一夜を新婚旅行の初夜そのものと錯覚しているのであろう。錯覚の幸せの中で充分満足している妻。そしてその程度の〝幸せ〟しかあたえることのできないふがいない夫。

この女の安らかな眠りを、単にその夫であるという理由だけから、不健全な薬物作用の眠りにすり替える権利が自分にあるのだろうか?

そんな権利は自分にはない。いや、誰にもない。高橋は意志の定まった目を上げた。今度こそ揺らぐことのない確固たる意志であった。

洗面台にクスリびんの内容を全部流して、ベッドへ戻ると、いつの間に目を覚ましたのか規子が、

「いま、何時頃かしら?」

と爽《さわ》やかな声で訊《たず》ねた。時計を覗《のぞ》くと、この季節の日の出の時間に近かった。クスリをめぐって迷っていた時間は意外に長かったのである。

カーテンとブラインドを開けると、東の空を染めた一日の初めの光が、室内に一気に注ぎこんだ。すばらしい暁だった。地上百二十メートルの高居は、林立するビル群のスカイラインをはるか下方に完全に振りはらって、日中は大都会のもやの彼方《かなた》に隠されている遠い地平を限る山脈まではっきりと露《あら》わしていた。

「よく眠れた？」

「ええ、とっても」

規子はうなずくと、含み笑いをして、

「眠る前のナニがとてもいい睡眠薬になったわ」

「この部屋はあのフロントチーフが、僕らのために特に提供してくれたものだ。迷惑かけないように少し早目に出発しようか」

規子は素直にうなずいた。

高橋は部屋を出る前に、ライティングデスクに備えつけてあったホテル用箋《ようせん》に大町へのメッセージを残した。

――ご好意のおかげで、すばらしい新婚第一夜をすごすことができました。新生活の門出にあたってのあなた様の贈り物は、私たち夫婦の記憶に一生残るでしょう。ご芳情を心より感謝します。貴ホテルのますますのご繁栄と、あなた様のご多幸を祈って。
――大橋
大町主任様

5

「君という男は、まったくきわめつきのロマンチストだな」

高橋の報告を聞いた田村課長は、唇の端を曲げて笑いながら言った。それは彼がひとを嘲笑《ちょうしょう》する時のくせだった。

「申しわけありません。でも私にはどうしても、ひとの好意を裏切れなかったのです」

高橋はうなだれて課長の嘲笑に耐えた。田村の命令の不履行に至るまでの、自分の心理の屈折は、どんなに説明しても、とうていわかってもらえないだろう。

所詮《しょせん》、企業の尖兵《せんぺい》として生まれついたような田村と、妻との小さなマイホームの片すみの幸福を慈む自分とは人種がちがうのである。

「ひとの好意か……ふふ」

田村はまた薄く笑うと、

「君は本当にホテル大東京のフロントチーフが好意だけで、インペリアルを提供したと思っているのか？」

「とおっしゃいますと？」

田村の質問の真意をはかりかねて、高橋は聞き返した。

「そのフロントチーフをうちが買収していたとしたらどうだな？」

表情は依然として笑っているのに、少しも笑っていない目を、田村は突き刺すように向けた。

「買収？　そ、そんなことが！」

「ははは、そんなことがあるはずはないな。いや、気にしなくていい。相手のフロントは本当に好意からインペリアルへ泊めてくれたんだよ。ま、いずれにせよ、ご苦労様だった。なにかと疲れたろう。今日は特別休暇にしてやるから、家に帰ってゆっくり休んでくれ」

田村は話題をさりげなくそらせると、労をねぎらってくれた。彼の顔に浮かんだ笑みは、昨夜、高橋を送り出してくれた時の、温情味あふれる笑いと同じものだった。

高橋は打ちのめされた思いで社員通用口を出た。彼が受けた打撃は、歩きつづけられないほど強かった。

彼をそれほどに打ちのめしたものは、田村がふとほのめかし、さりげなくそらした、

「大町をうちが買収していたとしたらどうだ？」

という言葉の断片だった。

大町が東都ホテルのスパイだったというのか？　職を賭《と》してまで、自分たちの初夜の

ためにインペリアルを提供してくれた好意も、自ら客室まで案内してくれた親切も、すべてはどすぐろい商務工作の連環であったというのか？

そんなはずはない！　田村が自分の〝甘さ〟をからかったのだ。そうにちがいない！

だが、――そう信じようとするそばから今まで気がつかなかった数々の疑問が頭をもたげてきた。

まず自分たちが到着する夜にかぎってオーバーフロウしたことである。それが偶然の一致であるとしても、あの夜のオーバーフロウは異常に早い時間に発生した。

オーバーフロウは予約を受けたにもかかわらず、客を収容できない状態である。その日の予約というものは普通午前零時まで有効であるところから、オーバーフロウは十一時すぎに起きることが最も多い。

それにもかかわらず、あの夜は十時前に発生した。そこになんらかの作為が考えられないか？

予約が限度に達しているにもかかわらず、ウォークイン（予約のない客）にどんどん部屋を放出すれば、オーバーフロウは簡単に発生させることができる。そして部屋の放出は、チーフの胸三寸にあるのだ。

次にブライアントの到着前夜のオーバーフロウという情況もおかしい。国賓クラスの大物が到着する前夜は、どこのホテルでも予約受付をひかえるのが当然だ。自分は単純に大町の好意と感激していたが、見ず知らずの自分に職を賭してまで、国賓用の部屋を提供する人間の心理にはどう考えても無理がある。

さらに田村ヘルームナンバーを連絡した時も、あらかじめ予期していたような口ぶりだった。いかに回転が速くとも、インペリアルへ高橋が入った機会をさっそく偽装心中に結びつけたのは、事前にそのことを知っていたようなにおいがする。

売店でクスリを買うようにすすめたのも彼だが、あの遅い時間に、売店が開いていたのをよく知っていたものだ。自分のホテルですら、すべての設備の営業時間をなかなか覚え切れないのに、ライバル社の一売店のオープンアワーを田村はちゃんと知っていたのである。

そこまで思考を追っていった高橋に、規子が泣き出した時の情景が鮮明によみがえってきた。

あの時カウンターへ出て来た大町は、フロントクラークに紹介される前に大勢の中に交っていた高橋に向かって、何か目印でもついている人間に話しかけるように「大橋様ですか」と聞いたのである。

クラークがあらかじめ高橋の顔の特徴を伝えていたとも考えられるが、それにしてもあの時の大町の態度は、面識のある者に話しかけるようにしっかりしていた。

周囲には似たようなカップルが何組かいたのである。大町は自分を知っていたのではないか!?

さらに彼は、自分の出発時間を確かめもせずに、インペリアルを提供した。ありふれたシングルやツインでも、翌日予約のある部屋へ客を入れる場合は、フロントは必ず出発時間を訊《き》くものである。前夜客の出発が遅く、翌日客の到着が早ければ、二件の客がダブッてしまうからだ。

それを大町は、こともあろうに翌日国賓が入る部屋へ、出発時間も確かめずに、客を送りこんだ。——ということは、彼はその客が、出発しないことを知っていたからである。

大町は東都ホテルのスパイだった。高橋は確信した。

大町は、救急車を呼ぶべく、高橋夫婦が眠りこむのをいまかいまかと待ちかまえていたのにちがいない。

高橋は、大町が例のメッセージを読みながら、

「大甘のロマンチストが！」

と顔をゆがめて冷笑しているサマを瞼《まぶた》にまざまざとえがくことができた。

6

「おれはやつらに利用されたのだ」

高橋はうめいた。その時一つの疑問が胸に湧いた（あの時もしおれたちが睡眠薬の分量をまちがえて本当に心中してしまったら、どうするつもりだったのだろう？）。

——それこそ彼らの狙いだったのではないか——

高橋は豁然《かつぜん》と目が開いたおもいだった。

東都ホテルにとって、ボーイとエレベーターガールの夫婦が死んだところでどういうことはない。要するに労働力の微小な一単位が欠けただけで、いつでもすぐに補充できる。

同時に高橋にはホテル大東京の市価調に自分らが割り当てられたわけもわかった。

それは決して課長の好意からではなかった。ホテル大東京の国賓用のスイートにライバル社の幹部社員が居坐《いすわ》ったのでは、明らかな営業妨害と映る。

ところが、これがボーイの心中となれば謀略色を糊塗《こと》できる。そのためにも高橋夫婦でなければならなかった。

第一、市価調は一人でも、いや一人のほうがずっとよくできる。にもかかわらず、妻を伴えと命ぜられたのは、最初から心中者を仕立てるための黒い計画があったからだ。

自分たちが本当に心中してしまった場合のホテル大東京が受ける打撃と、東都ホテルが摑《つか》む利益の大きさを思う時、会社が高橋らの〝死〟を望んでいたことがよく理解できるのである。

その時田村は、例のうす笑いを口辺に浮かべて、新聞記者たちに言うだろう。

「いやあ馬鹿な真似をしてもらって、私たちも困っています。何もえりにえって大東京さんのインペリアルで死ななくてもよいのにね。大東京さんには本当にご迷惑をかけて申しわけなく思っております。自殺の原因ですか？　さあ、わかりませんなあ。いまどきの若い者の気持は、私らにはさっぱりわかりませんわ。断絶の時代ですな、ははは」

高橋はようやくホテルの構外に出た。ずいぶん長い時間をかけて、通用口から歩いてきた。

振りかえると、ホテル大東京に規模こそ劣れ、日本最古の伝統と、長い間、業界のイニシアチヴを握ってきた東都ホテルの巨大な建物は、潤沢な昼光を浴びて、傲然《ごうぜん》とそびえ立っていた。その幾何学的な異形鉄筋は、まさしく権力の象徴であり、企業の非情性の権化であった。

それは人間のつくったものでありながら、人間を超越していた。しかしそここそまさしく高橋の職場であった。高橋はそこの歯車の一つである。そのサイズが非常に微小な、いくらでも取り換えがきく歯車だった。

「明日からは、人間的なものは一切抜き去って、歯車になりきろう」

心にかたく誓った時、心の中を吹き抜けていくように感じていた虚しさが消えた。

深海の隠れ家

真美は東京が好きだった。特に東京の夜が好きである。昼も嫌いではないが、トワイライトを挟んで、海のような東京の街衢《がいく》が落日の残光に染まり、遠方から黄昏《たそがれ》を呼び寄せ、街角にグラデーションの夕闇が墨のように降り積もっていく。

足下は薄暗くなっているのに、手を伸ばせば指の先が夕映えに染まるような錯覚をおぼえるのも、この時刻である。

夕日が地平線の彼方《かなた》に没しても空はまだ明るい。夕映えに染色されて、茜色《あかねいろ》から紅色、そして退紅色へと変色していく。昏《く》れまさるトワイライト、ビルの谷間から華やかな電飾が立ち上がり、紫紺の空に鏤《ちりば》められて間もない星の瞬きを消していく。

昼と夜が素早く交代する地方の夕昏れ時と比べて、東京の夜は人工照明によって、せっかく残照と交代したばかりの闇を駆逐してしまう。

だが、星を消すほどのイルミネーションや、街衢を埋める無数の光点も間隙に闇がある。人工照明の谷間に澱《よど》んでいる闇はミステリアスである。

高層ビルから見おろす東京の夜景は、まさに光の破片の海である。光彩をさらに引き立てるための闇が光の海の暗礁のように見える。

光が明るければ明るいほどに暗礁の奥は謎を含み、不気味である。だが、東京の夜はニューヨークや上海のように、悪の温床になるほど恐くはない。よほど危険な箇所に近づかない限り、東京の夜は優しい。

地方の短大を卒業した真美は、夢を追って上京した。両親は反対したが、東京に夢を追う真美の決意は堅かった。

短大の先輩の紹介で渋谷《しぶや》区内の新興中型ホテルの面接試験を受けて、採用された。できれば超一流のホテルや会館に入社したかったが、書類選考ではねられてしまった。

真美は、そのホテルで「グリーター」という部署に配属された。フロントカウンターの脇にあるデスクを拠点にして、客の質問や案内に応対する役である。

ぽっと出の田舎者は「習うより馴《な》れろ」式のホテルの配属に仰天したが、これがホテル側の正社員採用試験と知って、真美は頑張った。

ここで試験に合格しなければ、真美は東京にいられなくなる。両親や親しい友人たちに餞別《せんべつ》をもらって上京しながら、入社試験に落ちては、郷里へ帰れない。一刻も早く東京化するために歯を食いしばって頑張った成果として、入社試験をパスした。

こうして彼女は、東京にとにかくいられる拠点を得たのである。東京に一時的にいることは許されても、根を下ろすのは難しい。まだ根を下ろしたとはいえないが、一応の橋頭堡《きょうとうほ》だけは築いたつもりである。

こうして、真美の東京の暮らしが始まった。

真美はホテルのグリーターの仕事が気に入った。

ホテルは人間の見本市のようである。人が集まるところはホテルだけではない。駅や、デパートや、警察や、病院や、劇場など、いくらでもあるが、ホテル以外は、集まる目的がおおかた決まっている。

ホテルの客は年齢、性別、国籍、宗教、職業等、千差万別であり、宿泊や飲食以外、さまざまの目的を持って集まって来る。つまり、人生の寄せ鍋《なべ》のようである。

もともと東京は人間の寄せ鍋であり、ホテルは寄せ鍋の中身がさらに凝縮されている。あらゆる国の言葉が飛び交い、集まる客はほとんど一日単位で変わる。一期一会の出会いであり、サービスであった。

田舎では毎日、知った顔に出会い、住人の生活環境は狭いスペースに限定されている。顔馴染《かおなじみ》だけに、それも累代重ねていると安全で気安くもあるが、未知数はほとんどない。若者にとっては、未知数のない生活環境は退屈である。生まれたときから、ほぼ自分の人生コースが定まっている。そして未知の地平線の彼方へ、未知数を探して旅立つ。

東京は未知数の海であり、知人に出会うのは天文学的確率になる。未知数の中にはどんな凶悪な悪魔が潜んでいるかもしれない。

未知の者は敵性とおもえ。それが東京に集まった者の原則である。警戒の鎧《よろい》を着て、相互無関心である。

だが、真美は四六時中、知っている顔に監視されているような郷里から脱出して、見知らぬ人が集まった〝人間の海〟東京で、初めて自由を得たような気がしたのである。

住居も北新宿の古いアパートに確保した。田舎にいるころ、おもい描いていた、一流の会社に入り、東京タワーの見えるアパートに入居して、夜は一人でワインを飲む、そんな生活に憧《あこが》れていた。

東京タワーは見えなかったが、真美の部屋から新宿副都心の超高層ビルが、満楼に光を競って林立しているのが見える。憧れていた東京の暮らしは、ほぼ満たされている。

職場からの帰途、仕事の興奮を鎮めるために、繁華街から離れた路地の奥に、隠れるようにうずくまっている小さなバーを見つけて、立ち寄るようになった。

アパートの部屋の窓から西新宿の光を塗した超高層ビルを眺めながら、一人グラスワインを傾けるのも悪くはないが、「燈影」と名付けられた小さな酒場は、隠れ人の巣のようで居心地がよかった。

仄暗《ほのぐら》い間接照明のインテリアは、店名の「燈影」そのものである。決して豪勢ではないが、洗練された空間に適当な距離をおいて融和している客は、初老のバーテンダーが作る好みの味を、ゆったりと楽しんでいる。

客同士が言葉を交わすこともほとんどない。その日の疲労とストレスを、グラスの酒に溶かしているようである。

酒で盛り上がるという雰囲気の店ではなく、客同士が大切な隠れ家として、暗黙裡《あんもくり》にその所在を必死に隠しているようである。

年齢も、服装も、それぞれがまとっている雰囲気も、みな異なるエトランジェ同士が、ゆったりと流れる、豊かな時間の中に人生の疲労を癒《いや》している。

店の外ではそれぞれがなにをしているのか、謎を含んだ客ばかりである。妙齢の女性客は、真美一人であったが、べつに注目するでもない。さすが〝人間の海〟東京の隠れ家らしい。

真美はぞくぞくした。彼女はこういう隠れ家的店を探していたのである。

田舎ではみな顔馴染、だれがなにをしているか知り尽くしている。酒場はもちろん、喫茶店でも顔が揃えば高歌放吟、盛り上がって、静かに隠れるどころではない。

都会に潜む洗練されたミステリーが、この店にはある。

こうして、真美は燈影の常連となった。

燈影の常連は、いずれもミステリアスである。時折、顔が合い、目を合わせて会釈したり、微笑を交わしたりするようになったが、言葉は交わさない。

男の客が多いが、女も時どき来る。カップルで来る客はない。

この店の客は、一人でいるのが癒しなのである。

その中でも特に気になる客がいた。三十代半ば、彫りの深い細面に、スポーツで鍛え上げたような引き締まった身体をポール・スチュアートのスーツに包み、ノータイ、男性用のブルガリプールオム（男の香水）がかすかに忍び寄る。彼のグラスに満たされる酒は、いつもマティーニである。

ポール・スチュアートの男に、真美は燈影でよく出会った。言葉は交わしていないが、会釈を交わす程度になっている。

その彼と意外なところで再会した。彼が、真美の職場のホテルへ客としてチェック・インしたのである。

グリーターデスクに坐《すわ》っていた真美は、逸速《いちはや》く彼を見つけたが、若い女性連れであったので、素知らぬ顔をした。彼も、真美に気づいていたかもしれない。

真美は、彼の秘密の一部を垣間《かいま》見てしまったような気がして、その日は勤務が終わった後、「燈影」に寄らずに、直帰した。

その翌日、「燈影」に寄ると、彼がすでに〝指定席〟に着いていた。女性の連れはいない。二人は黙礼を交わした。

真美が自然に決まっている自分の指定席に着くと、珍しく彼が話しかけてきた。

「昨日は失礼しました」

「とんでもない。私のほうこそ失礼いたしました」

お連れさまがいたので遠慮しました、とは言えなかった。

「まさかあなたにお会いしようとは、おもいませんでした」

「私もです。とても嬉《うれ》しかったです。クラスメイトに会ったような気がして……」

「私もですよ。それも遥《はる》かな母校のクラスメイトのように……」

二人の会話は、周囲の客に邪魔にならない程度に弾んだ。

客はいずれも独自の透明なカプセルの中に入っている。

「私は、こういう者です」

彼は名刺を差しだした。真美も自分の名刺を返した。

彼の名刺には入江高明《いりえたかあき》、心身バリヤー推進センターボランティアと肩書きがついている。肩書きの意味はわからなかったが、要するに障害のある人を助けているのであろう。

その名刺から連想して、ホテルにエスコートして来た若い女性の身体の動きが、少し変わっていたのをおもいだした。

真美が入江に声をかけるのを遠慮したのは、二人の関係への誤解だったのかもしれない。だが、いまさら謝っても意味はない。

ホテルでの再会をきっかけに、真美と入江は急速に接近した。時には、あらかじめ連絡を取り合い、食事を共にしてから「燈影」に行くこともあった。

食事を共にしながら、入江がぽつりぽつりと自分の身上について話し始めた。

「実は推進センターに参加する前に、ホストクラブにいました」

「ホストクラブ……」

「ホストクラブとは女性が客で、男がかしずく。女性主体のバーと正反対です」

「雑誌で読んだことがあります。人気ホストに、お客がスーパーカーや一流ブランド品のプレゼント競争をして、トップホストは一千万円以上の月収があるそうですね」

「その通りです。そのためにホストは女性に体を売らなければなりません。普通の男女関係とはまったく逆の世界ですよ」

入江は自嘲《じちょう》するように言った。

「でも、逆の世界で月収一千万とは、凄《すご》いですね」

「だから嫌になったのです。男の売春です。しかも、お客の女性は必ずしもリッチではありません。店内でのサービスは主客交代しただけですが、店外では女性の生き血を吸っているようなものです。こんなことをつづけていては自分が駄目になるとおもって、店を辞め、センターに入りました」

ホストクラブは、ホストと客が店外でなにをしようと店は関知せず、としている。女性の生き血を吸った補償として、障害のある女性を支援するボランティアになったのであろう。

ボランティアによる支援は無料である。被支援者が謝礼を差し出しても受け取らない。受け取れば売春と同じになってしまう。

真美は入江の転身に感動した。男の売春は、男が女性にぶら下がる紐《ひも》の一種である。紐に嫌気がさして、障害のある女性の支援ボランティアになった入江の転身は、尋常な覚悟ではないとおもった。

その夜は、入江の前半生について聞いただけに終わった。

真美が上京して来た理由は、すでに語っている。東京に憧れ、夢だけを背負って上京して来た者、人間の海の凄《すさ》まじい生存競争に敗れて、ドロップアウトする者は多い。

その中で、真美はラッキーカードを引き当てたといえよう。

だが、その後、入江が語った後半生の現推進ボランティアの内容に驚いた。

「社会には一度も性行為を行わずに、生涯を終える人が多数います。そのなかには身体的、あるいは精神的な障害に妨げられて、セックスができない人も多くいるのです。その支援団体があることを聞いて、一度限りの人生、せめて一度の性行為の支援をしてやりたい、というおもいから、支援センターに参加したのです。

それが女性の生き血を吸って生きてきた前半生の償いだとおもったのです。ただ一度の性行為のエスコートで、別人のように生き生きとなった女性から感謝されて、私はこのボランティアに生き甲斐《がい》をおぼえました。体力のつづく限り、ボランティアをつづけたいとおもっています」

（入江は凄い。東京は凄い）

と、真美は痛感した。

東京であればこそ、セックスのボランティアがいる。地方では考えられないボランティアである。

真美は入江を改めて見た。

数日後、「燈影」で出会った入江から、驚くべき誘いを受けた。

「真美さんを見込んで、あえてお願いします。性行為ができない方は男にも多数います。真美さんも支援センターに参加してもらえませんか」

と、入江は真剣な表情をして言った。真美は返す言葉に詰まった。

「女性のボランティアが絶対的に不足しています。真美さんを見ただけで、障害者の心理的なバリヤーが治るかもしれません」

と、入江はつづけた。真美は答えられなかった。

郷里の短大を卒業して、直ちに上京した真美は、性的な経験はない。未知の東京に根を下ろすために全力を出しきっていたので、他人の支援は考えたことがなかった。

真美には入江のような前半生のプロとしての経験はない。

返答に困ったというよりは、言葉が出てこなかった。

「いきなりこのようなことを切りだしても、二つ返事は無理でしょう。ごめんなさい」

入江は率直に詫《わ》びた。

その夜を境に、真美は「燈影」に行かなくなった。

性体験のまったくない真美にとって、入江から誘われたボランティアは重すぎた。彼女は自分自身がバリヤーを持っているような気がしてきた。

そして数ヵ月が経過した。彼女は東京の〝人間の海〟の深さを知った。ボランティアをしながら、経験を重ねていく勇気が出なかった。

自分には重すぎる誘いを入江に断るために、真美は久しぶりに「燈影」へ行った。

確かにあったはずの場所に「燈影」がなかった。自らの存在を隠すようにして路地の奥にうずくまっていた「燈影」は跡形もない。煙と匂いと、賑《にぎ》やかな客の声を周囲に憚《はばか》ることなく撒《ま》き散らして、強い存在主張をしているような焼肉屋に変わっていた。

新たに造り替えたような建物でもない。

真美はおずおずと焼肉屋に入って、従業員に、

「以前ここに、『燈影』というバーはありませんでしたか」

と問うと、従業員は、

「『燈影』なんてありませんよ。昔から焼肉屋です」

と答えた。

「そんなはずはな……」

真美は問い返そうとしてやめた。

いまにしておもえば、「燈影」はボランティア推進センターの本拠であったのかもしれない。

学生時代に読んだ小説の中に、こんな場面があったような気がした。

(これがきっと東京のミステリーなんだわ。ほぼ同じ位置にありながら、私が通った「燈影」は深海にあり、いま訪ねた焼肉屋は、平面的には同じ位置の浅い海にあるのかもしれない。東京の深海。私はきっと深海の隠れ家の招かれざる客であったのね)

と自分に言い聞かせたとき、酔い乱れ、千鳥足のサラリーマン体の男が、

「お嬢さん、私の運命の女性だ」

と、ろれつの回らぬ口調で話しかけてきた。

遠い洋燈《ランプ》

尾沢幸弘《おざわゆきひろ》はランプの宿を探して、今年の秋も同じ山域にやって来た。秩父《ちちぶ》山系に属する深山《みやま》である。

南方に北岳《きただけ》を盟主とする南アルプス北部、北方には浅間《あさま》山や榛名《はるな》山、そして隣山といえる八《やつ》ヶ岳《がたけ》連峰、蓼科《たてしな》高原、霧ヶ峰《きりがみね》を越えれば北アルプスが覗《のぞ》く。

学生時代、雲取《くもとり》山から甲武信ヶ岳《こぶしがたけ》を経て金峰《きんぷ》山まで秩父縦走を心がけたが、途上膝《ひざ》を痛め、下山中、原生林に包まれた深山の奥にぽつんと置き去りにされたようなランプの宿を見つけた。

まことに小さな山宿で、本館の隣りにある小屋が温泉であった。泉質が軟らかく、泉温が三十九度で、何時間浸《つか》っていても、のぼせない。

奥秩父の縦走路から下山して来た登山客が滞在を延長し、のんびりととぐろを巻いているような秘湯であった。

東京方面から来た登山客が多かったが、中には関西や東北、北海道から、また外国人までが、温泉で汗を流し、足を休めるつもりが、ランプの宿が気に入り、逗留《とうりゅう》してしまうようである。

温泉は、更衣室が男女別になっているが、中へ入ってみると、形ばかりの境があるだけで、男女自由に行き通いできる。宿泊料が安く、山の幸をたっぷりと盛った食事が旨《うま》く、原生林の緑が素通しの窓に映り、湯を染めている。

山から下りて来た宿泊客は、なんの意味もない言葉を交わしながら、のんびりと温泉に浸っている。

けっこう若い女性が迷い込んで来て、最初はびっくりするが、たちまち、のどかな浴客たちの雰囲気に慣れて、湯に浸る。そしていつの間にか、顔の見える区分板越しに言葉を交わすようになる。

宿の主は、これを〝湯会〟と称《よ》んでいる。ぬるくて軟らかい温泉に浸りながら、笑いを含む言葉を交わし、疲れれば、窓を染める原生林に目を放散し、遠方から聞こえてくる水の音に耳を澄まし、湯の中に身体を引き伸ばす。

湯会に参加している客たちの言葉が子守唄《うた》のように心地よく聞こえて、半醒半睡のゆったりと流れている時間に身心をまかせている。

都会を埋める排ガスや、騒音や、空を霞《かす》ませるスモッグや、大通りの車の洪水や、歩道を急ぐ人びとの険しい顔もない。ここには日常の人生とは異なる時間と空間があった。

そして客たちが「ランプの宿」と称ぶ切っかけとなった古い洋燈が、宿のロビーとなっている最も広い部屋、といっても十余畳の部屋の中央に吊《つ》り下げられていた。

宿の主が書いた「洋燈」の詩が壁に貼られている。

——過ギシ日ハ遠ク昔ノヨウダト、
オ前ハ云ッタガ、過ギシ日ハ近ク
昨日ノヨウダト、僕ハ黙ッテイタ。
僕ハ寝転ンデ、マダ燈《あかり》ノトボラヌ
天井ノ洋燈《ランプ》ヲ見テイタ。
ソノ傘ハ波ウチ、ソノ縁ハ、薄紅ニ
塗ラレテイタ。
オ前ハ窓ニ倚《よ》テ、山ヲ見テイタ。
水音ガ微《かす》カダッタ。——

作詩者は加藤泰三《かとうたいぞう》。

主の解説によると、作詩者は戦前、戦中、よくこの宿を訪れ、このランプを愛し、出征前に「洋燈」を詩作して編入した『霧の山稜《さんりょう》』という一冊の本を残して、南太平洋の小さな島で戦死したという。

山を愛し、詩を愛し、詩才と文才に恵まれた作詩者は、無限の可能性に満ちている未来を無意味な戦争に閉塞《へいそく》され、愛する郷里や山から遠く離れた南海の島で強制された死を、どんなに無念におもったことであろうか。

「洋燈」の詩文には「窓ニ倚テ、山ヲ見テイタオ前（同行者）」がいたようである。作詩者は「山ヲ見ティ」る「オ前」を見ながら、いま尾沢が聞いている「微ヵ」な水音を聞いていたのであろう。

「洋燈」の詩作をしてから、作者は「オ前」に後ろ髪を引かれるようにして戦場へ行ったのにちがいない、と尾沢はおもった。

「洋燈」の作詩者に比べて、尾沢は戦場に引きずりだされることもなく、休暇が許すだけランプの宿に滞在できる。もっといたければ休暇を延長すればよい。

常連たちや湯会に参加した若い女性たちと身心を放散して湯に浸り、おもいつくまま楽しい言葉を交わしていればよい。

そして休暇が切れ、顔馴染《かおなじみ》になったランプの宿の常連たちと再会を約して、日常へ戻ったのである。

それぞれ、会社員、フリーライター、売れない画家、タクシー運転手、紅一点の女性と、簡単に自己紹介しただけで、名刺の交換もせず、住所も言わなかった。そのほうが、いかにもランプの宿の出会いに相応《ふさわ》しかった。

数日を共にしただけで、客たちは年来の知己のように親しくなっていた。

再会を約しても、そんな約束が果たされないことをそれぞれに承知していながら、約束を交わす。人生の出会いはそんなものであるが、行きずりの出会いほど、再会の約束は重くおもえる。

別れに際して、宿の客たちの湯会で交わした言葉を、改めておもう。

フリーライターは、

「私の人生は挫折《ざせつ》の連続で、時どき、死にたいとおもうことがあるが、ランプの宿へ来ると生きていてよかったとおもう。そしてこれからも生きたいとおもうよ」

「挫折というのは、頑張ってもおもうようにならなかったり、結果が悪かったりすると、挫折ということになるんだろう。おれなんか挫折までもいかない。ただ流されているんだな。自分で向かうべき方角を定めて歩きだしたつもりが、流されている。おもった方角へ行かないというよりは、いつの間にか自分のコントロールを失って流されている。挫折であれば努力次第で立ち直れるが、流されている間に、それに抵抗する意思がなくなっている。そしてランプの宿に流されて来て、なんとなく自分を取り戻したような気がする」

と、タクシー運転手が言った。

「挫折しても、流されてもいい。おれはなんにもない。中学時代、ひどいいじめにあって何度か自殺しようとおもったが、その勇気もなく引きこもり、親のコネで裏口入学して、会社へ入れてもらった。会社では一個の歯車となって働いているけれど、すべて会社の管理の中にあって、引退後は社友、死んだ後まで社墓地に埋葬される。要するに、先祖累代、会社に管理されている。会社のポリシーに忠誠を誓い、会社の鋳型におとなしく嵌《は》め込まれていれば、厚い庇護《ひご》があたえられる。人間ではなく、会社という機械を構成する部品のような気がする。それがランプの宿に来ると人間になったような気がするんだ」

と会社員がしんみりした口調で言った。

つづいて紅一点の女性が、

「私、大学時代からバイトのホステスをして、卒業後も銀座《ぎんざ》の夜に居ついてしまいました。

クラスメイトのほとんどは昼の仕事、OLになったり、さっさと結婚して家庭に落ち着いたりしています。最初はバイトのつもりでしたが、どんなに女性の権力が強くなろうとも、昼間は男性の世界です。

それに対して夜は女の世界です。どうせ一度限りの人生であれば、女の世界に行きたいとおもって銀座に靴を、昔流に言えば草鞋《わらじ》を脱ぎました。

夜の銀座や赤坂《あかさか》には男のお偉方が遊びに来ます。昼間はその足下にも近づけないVIPが、私たち相手にグラスを重ね、馬鹿話を交わして、昼間の戦いの疲れを癒《いや》していきます。そのVIPの足下に近づき、一言でもかけられたく、それぞれ一角の殿方が夜の銀座に集まって来ます。銀座の女は、銀座の夜に集う殿方たちのコーディネイターです。

銀座のクラブは、殿方の休息所であると同時に、ビジネスチャンスを摑《つか》む社交場でもあります。結局、主役は殿方であり、良いお客（VIP）から誘われて電話番（愛人）になる人も少なくありません。殿方にとっての癒しは、銀座の女の仕事であり、友達を作るためではなく、チャンスを摑むために上京したのです。東京へ行けば大勢の人間と知り合い、チャンスを摑めると夢を抱いて銀座へ来ても、田舎のように友達はできません。殿方たちのコーディネイターを務めている間に、自分自身が失われていくようです。そんな自分を取り返すために、行き当たりばったりの旅に出て、ランプの宿に着きました。ここで出会った皆さんが本当の友達のようにおもえます。

私はチャンスを摑むために田舎から東京へ出て、自分を失い、友達を探して旅に出ました。皆さんと知り合えて、とても嬉《うれ》しいです。ランプの宿は心の通い合う本当の友達の集会所なのですね」

「そして裸の湯会所だ」

と、画家が言葉を付け加えたので、一同がどっと沸いた。

湯に浸《つか》り、湯煙に包まれて交わす言葉は、まさに心を開いた友人たちの集会であり、湯気に烟《けぶ》るそれぞれの顔が一見の世界で知り合った幻影のように見えた。

そして湯会を共有している宿泊客たちは、日常の世界に帰りたくなくなっている。だが、いつまでもそこに逗留《とうりゅう》するわけにはいかない。

ランプの宿は異次元の世界ではなく、厳しい人生の一破片である貴重な休暇の癒しの空間であった。休暇が終われば、日常へ帰らざるを得ない。

また次の休暇にランプの宿を訪れ、心身の疲れを癒す。

わずかな休暇を共に過ごして、社会の八方へ別れて行く旅人たちにとって、再会の約束は、どんなに過酷な人生であっても、生きていればこその生きがいであった。

そして約束の日にランプの宿を訪ねて来た尾沢は、原生林の奥、末は大河に合流する沢の源流近くにランプの宿を探したが、あるはずの位置に宿はない。

一年の間に取り壊された形跡もなく、自然災害によって破壊された痕跡《こんせき》も残っていない。

尾沢は道を間ちがえたかとおもったが、地図や、ガイドブックと照らし合わせても経路を忠実に歩いて来ている。

折から山道の反対方角から来た営林署員らしい人に問うと、

「この山域には、温泉源はなく、宿もありません」

と答えた。営林署員が嘘をつくはずはない。

林相といい、遠くから聞こえて来る沢の水音といい、途上の風景といい、尾沢の記憶にぴたりと一致している。

だが、あるべき場所にランプの宿はなかった。

数日、宿を共にし、湯会に浸った旅人たちも、湯煙に包まれた幻影のように、姿も気配もない。再会の約束を交わした五人の旅人が、申し合わせたかのように一人も姿を見せない。

五人共に休暇が取れなかったのか、それとも身辺に異変が生じたか、あるいは心変わりしたのかもしれない。

五人の共通項であるランプの宿までが消えているのは、もしかすると尾沢自身が幻影を見ていたのかもしれない。

納得しきれない尾沢は、おもいきって声を張りあげた。五人の名前を一人ずつ、声を限りに呼び、ランプの宿はいずこにありや、と問うたが、谺《こだま》も返ってこなかった。

水音がかすかに聞こえた。そのとき尾沢は、はっとおもいあたったことがあった。

「洋燈」の作詩者は、

――過ギシ日ハ遠ク昔ノヨウダト、
オ前ハ云ッタガ、過ギシ日ハ近ク
昨日ノヨウダト、僕ハ黙ッテイタ。――

と記している。

もしかすると、この詩文のように、現実は昔のことであるのに対して、尾沢自身は遠い昔、ランプの宿で交わした再会の約束を昨日のことのように勘違いしていたのかもしれない。

空はまだ明るく、西へ傾きかけた太陽の位置に余裕はあったが、足下に夕闇が薄く積もりつつあった。

北ア山荘失踪《しっそう》事件

1

「今年も山は終わりだな」

「私たちも、あと一週間もしたら下りるわ」

「とうぶんお別れだね」

「また来年も来てね」

「来るとも。たまの休暇に、ここへ来るのが、ぼくの生きがいみたいなものさ」

「本当？」

「本当だとも」

「おせじだとわかっていても、うれしいわ」

「おせじじゃないよ。おせじでわざわざこんな山奥まで来るもんか」

「それもそうね。でも竹下《たけした》さんには、町へ下りれば町の生活があるから」

健康そうに日灼《や》けした女の表情にちらりと寂しそうな翳《かげ》が走った。

「幸《さっ》ちゃんだって、下界へ下りれば、下界の生活があるじゃないか」

「私にはないわ、私にあるのは、山だけの生活よ。下にいるときは、山に来るための準備期間よ」

女は、――男に逢《あ》うための準備期間だ――と言いたかったところを、危ういところでこらえた。

彼らの眼前には、中部山岳の大きな展望が、どんな細部までも惜しみなく見せるようにひろがっている。大陸方面から張りだした非常に優勢な高気圧の圏内にはいっているので、天候は安定している。

気象変化をいち早く知らせる日本海方面の空にもまったく危なげがない。塵《ちり》一つ浮遊していないような、澄んだ空間を落ちてくる秋の陽差しは、むしろ、盛夏のときよりも熾《はげ》しい明るさをもっている。

「北アルプス広しといえども、こんなに大きな展望に恵まれている場所はないな」

と言うのが、その男の口ぐせであった。そしてその口ぐせが誇張でなくまさにあてはまる展望を、このM岳の山頂の一角は、天候さえ好《よ》ければあたえてくれるのである。

M岳は、北アルプスのほぼ中央部に位置している。北アルプスの主稜《しゆりよう》ともいうべき立山《たてやま》連峰と後立山《うしろたてやま》連峰と槍穂高《やりほたか》連峰が、Y字の形のように合体するちょうど要《かなめ》のところにM岳はある。

標高は二千八百メートルと少し、山頂はなだらかで、鋭角的な北アルプスの高峰群を周囲に侍《はべ》らせたその優美な山体はアルプスの女王といった貫禄《かんろく》である。

東面の山腹二千六百メートル付近に氷蝕《ひようしよく》遺跡の圏谷《カール》があって、夏にも消えない万年雪の雪渓がある。指呼の距離にはアルプス最奥の秘境とされる「雲《くも》ノ平《たいら》」がある。日本最大の渓谷、黒部《くろべ》渓谷の源流もこの山域にある。

穂高岳や剣岳《つるぎだけ》のような峻嶮《しゅんけん》な岩壁はないが、北アルプスの要としての環境の、大きな展望や、山体の規模と高度、黒部源流の神秘性、多色な高山植物の群落などにおいて、はるばる探勝に訪れる人々を決して失望させることがなかった。

それでいながら、北の白馬岳《しろうまだけ》や、南の穂高岳のような人気がないのは、アルプスの中央という立地条件からくる入山の難《アプローチ》しさにあった。

長野県O町に住む山案内人、有川正作《ありかわしょうさく》が、M岳に山小屋を開設したのは、昭和二十一年の夏ごろである。もともと地元の猟師の監視小屋だったものを、同岳の交通の重要性に目をつけた有川が譲り受けて、登山者のための山小屋に改築したのであった。

登山人口の増加に伴って、途中何度か増改築を重ねて、鉄骨プレハブづくりで二百五十人収容の、山小屋というより、山荘になったのは、昭和三十年代になってからである。北アルプス全域の開発が進んで、自動車道路やロープウエーが、奥へ奥へと入りこんできたために、以前はごく限られたベテラン登山者だけが入ることを許された奥地へ、ハイヒールやミニスカートの一般観光客が押しかけるようになった。

北アルプスは、もはや山ではなく、観光地になってしまった観があった。その中でM岳山荘だけは、周囲を三千メートルの障壁にガードさせて、依然として一般観光客を拒否していた。

アルプスのほとんどすべての山小屋が山麓《さんろく》から一日で達せられる一日圏になってしまったあとにも、M岳山荘だけは、二日圏の位置に留《とど》まっていた。

最近各山小屋で利用するようになった、ヘリコプターによる物資の空輸も、M岳山域では気流の状態が極端に悪いために通用しなかった。

ヘリが使えれば、十数人の荷上げ人《ボッカ》が一夏かかっても運びきれない資材をわずか三日で運ぶことができる。

このジェット時代に、M岳山荘だけは、依然として素朴な人力を頼りに営業していたのである。だからといって他の山小屋よりも料金を高くするわけにもいかず、サービスも落とせない。

M岳が、妍《けん》を競うアルプスの有名諸峰の中に没して一般にほとんどその名前を知られていないように、M岳山荘も、他の北アルプスの山小屋（一日圏）にわかってもらえない孤独な苦衷があった。

営業期間も必然的に他の山小屋より短いし、経営的に苦しかった。それらのハンディを支えていたのは、

「儲《もう》けは度外視してやる。もしここに山小屋がなかったら、遭難者が増えるばかりだ」

という有川正作の姿勢である。たしかにM岳山荘ができてから、遭難は激減していた。烏帽子岳《えぼしだけ》方面から、あるいは立山、薬師岳《やくしだけ》方面から、そして槍ヶ岳《やりがたけ》方面から、アルプスの長大な尾根を縦走してくる登山者が、もしこのM岳付近で悪天候に見舞われたら、

他の山域のように逃げ場所がないだけに、遭難する確率がきわめて高い。

M岳周辺の豊富な観光資源探勝の重要な拠点として以外に、交通的にももはや欠かせない北アルプスの重要な宿駅となっていたのである。

有川の姿勢を端的に示した事件があった。昭和二十×年の夏、烏帽子岳方面から縦走してきた登山者が風雨に叩《たた》かれ、人事不省になってM岳小屋にかつぎこまれた。

小屋に泊まり合わせていた医大の学生が、応急手当てを施したが、患者は急性肺炎をおこしていて、一刻も早く山から下ろして、本格的な手当てをしないと危険になった。

ちょうどそのとき、山岳の隣峰のS岳に遭難が多発するので、避難小屋を建設するために、荷上げ人と資材がM岳小屋に集結していた。

めに、折りからの悪天候を避け、天候が回復するのを待っていたのである。高山での作業は、時間と競争だ。好天の日は、ごくわずかしかない。好天の周期《サイクル》を逃がすと、翌年に繰り越されてしまう。避難小屋建設のような大きな作業は、夏だけしかできない。

人間が待機すれば、当然それだけの食糧も運び上げなければならない。避難小屋建設という作業は、頂上作戦である。その作戦を遂行させるために、実に多くの労力と資本が投下されていた。

天候の回復と同時に、ただちに動きだせるようにあらゆる手筈《てはず》が調えられてあった。

有川正作は、その貴重な人手を、病人を搬出するために、山から下ろしてしまった。

そのために絶好の好天の周期にはいったとき、人手がなかった。

こうして綿密な計算と予定のもとに進めてきた工事は、大幅に遅れてしまったのである。有川がこのために受けた経済的な打撃は大きい。そしてそれは遭難者から代償としてもらえるものではなかった。

「将来の遭難の防止よりも、現に目の前でおきている遭難を救うのが務めだ」

と言って有川はべつにくやしそうな表情も見せなかったという。

この有川の姿勢と、M岳周辺の観光俗化していない自然を愛して、毎年季節になると訪れてくる常連は少なくなかった。

そんな客の中に、竹下和彦《かずひこ》がいた。竹下はM岳小屋で急病人がでたとき、泊まり合わせて応急手当てをした医学生である。あのとき以来、有川正作の〝ファン〟になって、毎年夏になると、M岳へ登ってくるようになった。

しかし彼は途中から、正作ファンから、べつの人間のファンになった。正作の一人娘の幸子《さちこ》が高校を卒業して、山へ入るようになったからである。このころからM岳小屋は、山荘となった。幸子は幼いころに母親を失い、父親の男手ひとつで育てられたにもかかわらず、優しげな娘である。

山の娘というよりは、都会的で繊細なムードをもっていた。山の陽に灼《や》けてはいたが、衣服に隠された肌は、白くきめが細かかった。

髪をいつも無造作にうしろに束ねている。まことに無造作なヘアスタイルだが、それが彼女のきりっとした輪郭を打ちだして、どんな名美容師が造形したものよりも、形がよく、彼女に似合っているように見えた。

ときには、うしろの束ねを外して自然のままにすることがある。肩のあたりまで触れる長めの髪が、山の風に乱れて、まったく別人のような野性味と、二十歳前の小娘とはおもえない濃厚な色気を感じさせた。

「幸子、おまえ、その髪形は止めたほうがいい」

と父親の正作が注意したほどである。若い登山客が、そのヘアスタイルというより、髪を自然のままにしている幸子を見て、最初はびっくりしたような顔をし、次に一様に熱っぽい目をすることに気がついたからだ。

全身にぴちぴちしたものがあふれていながら、どことなく脆《もろ》そうな感じがあった。それははっきりした目鼻だちの花やかな面立ちの中に、愁いがちな翳《かげ》のある表情をするせいかもしれない。

「幸ちゃん、何か寂しそうだね」

顔なじみになった登山客から、よく言われることがあった。

「べつに寂しいことなんかないわよ」

そんなとき彼女は、少し憤慨したような口調で答えた。

「だったらそんな寂しそうな目つきをするなよ」

「べつにそんな目つきをしているつもりはないわ。生まれつきの目だから仕方がないのよ」

そう答えて視線を向ける幸子の目には、何か心の奥底にある憂愁をじっとみつめているような、濃く深い翳りがあるのだ。

その目に見つめられると、どんな男でも、彼女の憂いの秘密を探りだして、その正体を自分の腕の中にしっかり抱きしめてやりたいとおもった。それでいて、憂いの底に、彼女は何か熾《はげ》しい光をひそめているようであった。

M岳山荘の若い固定客のほとんどすべては、幸子が入山するようになってから、彼女のファンになってしまったのである。

最初の間は、山を目的にやってきた彼らが速やかに幸子に会うのを楽しみに、はるばるやってくるようになった。

彼らの間に都会におけるようなライバル関係が生まれなかったのは、幸子を見る目に、その場所が山であるということから生ずる清潔なロマンチシズムがあったからかもしれない。

そういう幸子目当ての登山客の中に竹下和彦はいた。大勢の幸子ファンの中から、竹下がとくに彼女に接近したのは、ある遭難事件がきっかけである。

2

登山人口の爆発的増加に伴って、M岳周辺にもフーテンめいた登山者が出没するようになった。ところかまわずテントを張って、山を汚す。夜通し騒いで、近所のテントに迷惑をかける。女性登山客をからかうなどということは序の口で、留守のテントに忍びこんで食糧や貴重品を盗みだす不心得者が出てきた。

ある夜、隣りのS岳から、山荘に向かってしきりに発火信号でSOSを送ってくる者があった。「すわ、遭難!」と山荘の人間が押取り刀《おっとりがたな》で現場へ駆けつけてみると、何とこれがいたずらだったのである。

ところが次の日の夜になると、またSOSが送られてきた。天候はよかったが、S岳周辺には危険な岩場があるので、もしかしたら、岩から落ちて動けなくなったとも考えられる。

また人間を走らせると、昨夜と同様にいたずらだった。縦走路にキャンプしているので昨夜とは人間がちがっている。こんなことが三晩つづいた。いたずらをするほうは、その都度べつの人間だからよいが、駆けつけるほうは、同じ人間である。

かんかんになった山荘の者は、四晩めにまた発火信号がS岳から発せられると、もう動こうとしなかった。

「またいたずらにちがいない」

「今度は欺《だま》されねえぞ」

しかし、有川正作は、たとえいたずらの可能性が強くとも、現にSOSが送られてきている以上は、現場へ行ってみるべきだとおもった。

ところがあいにく彼は昨夜の出動のとき、不覚にも浮石《うきいし》に乗って足首を捻挫《ねんざ》していた。「猿も木から……」というやつであるが、歩くと全身に激痛が走った。とても遭難の救援どころではなかった。

そこへ登ってきたのが、竹下である。事情を聴くと、彼は休みもやらずに現場へ向かったのである。

「お客さんにこんなことを頼んでは申しわけない」

としきりに恐縮する正作に、

「遭難に客も何もありませんよ。とにかく救援が先決です。それにぼくは医者だから、その場で応急の手当てができる」

と竹下は笑った。彼に誘発されて、出動を渋っていた山荘の従業員が、同行した。

そしてその夜のSOSは本当の遭難だったのである。岩場で転倒して動けなくなっていた。かなり出血していて、放置していたら、危ない状態であった。

とりあえず応急の処置を施して、山荘へ運びこまれた遭難者は、竹下の適切な手当てを受けて危なかった生命をたすけられた。

この経緯《いきさつ》のすべてをじっと見ていたのが幸子である。この事件を契機にして竹下と幸子の親密度は、グンと増した。

「ぼくは、M岳のこの一角がアルプスでいちばん好きなんだ。いや日本でいちばん好きな場所だな」

山頂から東面へ少し下ったカールの上部の露岩に腰を下ろして、竹下は言った。槍ヶ岳方面の展望のよい地点である。山頂にきわまった広大な展望は、ここでは少し高度を下げたために、幾重にもたたなわる尾根のかなたに、せりだした槍ヶ岳の尖鋭《せんえい》な峰頭《みねがしら》を、いっそう強調しているように見える。

露岩は平たく、その上で「トカゲ」といって甲羅ぼしをするのに理想的である。目の前には万年雪の雪渓がひろがっている。夏の季節には、その周囲に高山植物が多彩に咲き乱れる。

縦走路から離れているために、夏の最盛期にも人はあまり近寄らない。

竹下はこの気に入りの場所へよく幸子を連れてきた。長い夏の一日が、ようやく黄昏《たそがれ》に向かって傾くと、東面の谷間に青い夕闇が少しずつ堆《つ》み重ねられてくる。爛熟《らんじゅく》した宴会のような熾しい夏山の一日の終わりが見せる奇妙に優しい、そして哀しげなこの時間が、竹下は好きだった。

遠い槍ヶ岳の尖峰は、まだ花やかな夕日に染まっているのに、尾根の間の青くかげりやすい谷あいは、速やかに濃い藍《あい》色の中へ沈められていく。

幸子の横顔は、そんな背景の前へおいたとき、もっと哀しげな美しさを見せた。はかなげでいて、夕陽が一日の最後の光を結集して燃える翳のある花やかさ――。

そんな彼女を、竹下は自分のいちばん好きな風景の中に置きたかったのである。

竹下は、毎年夏の終わりになると必ずM岳へやってきた。M岳へ入るには往復、最低四日間かかるので、まとまった休暇の取れる夏以外は、来たくとも来られなかったのである。最盛期を避けたのは、山がラッシュだったからだ。

竹下と幸子が知り合ってから、何度も夏がめぐってきた。

いつしか幸子は適齢となり、竹下も医大を卒業して医局に入った。無給の助手から、有給の助手になり、教授や先輩同僚の受けもよかった。このままいけば講師になれるのも、そんなに遠い先ではないとみられる若い有望な医者になった。

竹下に縁談が生じたのは、そんな矢先である。医局の主任教授の紹介で、ある有名大病院の院長の令嬢であった。その院長は教授の同期生である。

医局における主任教授は、帝王以上の存在である。教授ににらまれたら、もはやその医局に、自分のためのスペースはないものと覚悟しなければならない。

主任教授が一医局員のために縁談の世話をするなどということは、よほどの個人的好意をもっていなければ、やらないことである。白い巨塔の中の鉄の階級制《ヒエラルキー》の中で、絶対に断われるものではなかった。

それに竹下にはまったく断わる理由がなかった。彼女の父親のもつ巨大な財力と、医師としての顔をバックにすることは、竹下の将来にとって、あらゆる意味で有利に働くはずである。

教授に仲人《なこうど》してもらえば、彼の永久のヒキを取りつけたようなものだ。またそのような大きな持参金がなくとも、相手の令嬢は女としても充分に魅力的だった。

竹下は最初からその縁談を受けるつもりであった。ただ初めて教授からその話を切りだされたとき、脳裡《のうり》をちらりと有川幸子の面影がよぎった。

しかし幸子とはべつに何も具体的な約束を交わしたわけではない。おたがいにほのかな好意をもって、山上の休暇をすごしただけだ。

竹下が教授のすすめてくれた令嬢と結婚しても、幸子に対して何ら不実を働いたことにならない。

だがもし竹下が他の女と結婚するということを幸子が知ったら、彼女は確実に悲しむにちがいない。

あの生来の愁いがちな瞳《ひとみ》に悲しみをいっぱいにたたえて、自分との別離を惜しむありさまが、うぬぼれではなく、実景として見えるだけに、心が重かった。

このまま黙って結婚したところでべつにどうということはない。山へ行かなければそれでいいのだ。

竹下には山仲間というものはいない。山岳部とか、それに類する団体にはいっさい所属せず、純粋な趣味として山を愉《たの》しんできただけである。

だから彼が突然M岳へ行かなくなったところで、彼が結婚したというニュースは、幸子には伝わらないだろう。

「このまま黙って結婚してしまおう。話したところで、幸子をいたずらに悲しませるだけだ」

といったんは心に決めたものの、幸子に何の挨拶《あいさつ》もせずに、他の女と結婚することに、抵抗をおぼえた。

それは良心の呵責《かしやく》というほどの大げさなものではなかったが、それに類する心の痛みにはちがいなかった。

たしかに幸子とは、具体的に将来を誓い合ったわけではない。しかし青くほのぐらい高山の夕暮れに浸りながら、あの圏谷《カール》の中で語り合ったとき、二人の間には、言葉で話しこそしなかったが、将来の約束があった。幸子が「山だけの生活」と言った「山」は、そのまま竹下に置き換えることができる。

おたがいの瞳の中にみいりながら、とりとめもなく自分たちのことを語り合ったとき、たしかに相手の存在を自分の将来の中に取りいれる黙契を交わしたのだ。

取りいれられているということを知りながらたがいに許容していた。それをいまになって、ただ言葉ではっきり約束しなかったからという理由で、あの清らかな黙契を一方的に破棄してしまってよいのか。それは卑怯《ひきよう》ではないか。

竹下は、自分の心の負担を少しでも軽くするために、あえてM岳へ登ってきたのである。幸子にもう一度逢《あ》って別れを告げる。それが最後だ。もうM岳へ来ることもないだろう。

M岳は、自分の「若き日の山」にするのだ。幸子は、自分の青春時代に清らかないろどりを添えてくれた、高嶺《たかね》に咲いた一輪の名花だ。

自分に言い聞かせて、竹下は幸子に最後の別れを告げにきたのだ。

そうすることが、ただ相手を苦しめ、悲しませることにしかならないという事実に気がつかない。自分の心を納得させたいというエゴイズムから、竹下は幸子に逢った。

「今年はもう来てくれないのかとおもったわ、もうあきらめていたのよ」

九月の初めになって、ひょっこり姿を現わした竹下に、彼の意図も知らず、幸子は単純に喜んだ。しばらく逢わないでいる間に、胸や腰まわりにまぶしいほどの女らしい厚みをつけていた。

「なかなかいそがしくて休暇が取れなかったもんでね」

竹下は正作や、山荘の従業員のいる前で、うまいこと言いつくろった。うっかり話を切りだして、いきなり泣きだされでもしたら、始末に困る。

幸子の性格から判断して、そのような感情的な発作は現わさないはずだが、それでも用心するにこしたことはなかった。

「今年は、例年よりも季節の進むのが早いもんだで、わしらも、あと十日もしたら、小屋じまいをするつもりだじ」

竹下の肚《はら》の中を知らない正作も、久しぶりの彼の来訪を喜んでいる。

「今年はどのくらい滞在できるの?」

幸子がそっと聞いた。うれしさの中に不安のひそむ口調である。久しぶりに来て、あまり早く帰らないようにという祈りがこめられている。

幸子のせつない祈りがよくわかる竹下は、胸の中が痛くなった。しかしその痛みに負けてはならない。幸子への訣別《けつべつ》の言葉には、自分の将来がかかっているのだ。

「あとで、私、竹下さんと二人だけでお話ししたいことがあるの」

正作や従業員のいなくなったところで、幸子は竹下の耳にささやいた。

「えっ、実はぼくもきみに話したいことがあったんだよ」

幸子の耳のあたりがほのかに赫《あか》く染まった。竹下が話したいといった内容を誤解したのかもしれない。

3

二人は例の北面の谷間へやってきた。太陽はすでに稜線《りようせん》のかなたに移動して、圏谷《カール》の下部は蒼暗《あおぐら》くかげっている。空を染めた残映にも盛夏のような花やかさはない。炎の名残りというよりは、色ガラスに定着したような冷たく硬質な色彩である。それが刻一刻、濃い藍色へと傾斜していく色調の変化を、二人はしごく見馴《みな》れた風景として背景におきながら、たがいの顔を見合った。

「竹下さんに、どうしても、聞いてもらいたいとおもって」

幸子は、自分が男を〝二人だけの場所〟へ連れだした形になったことを恥じるように面《おもて》をうつむけた。含羞《がんしゅう》の紅潮に夕映えが加わっている。

「幸ちゃんの話って何だい？」

竹下は、つい聞いてしまってから、「しまった」とおもった。彼女の話を先に聞くと、自分の決意を話しにくくなるような気がした。

「私ね……」

幸子はあごを襟に埋めるようにした。それが彼女の秘密めいた話をするときのくせである。竹下は、いまさら自分の話を先に聞けと遮ることもできず、彼女の口もとを見守った。

「お嫁にいかないかってすすめられているの」

「お嫁に？」

「父の友達の息子さんなの。O町の役場の観光課に勤めていて、山のとても好きな人なのよ」

「……」

「父はその人と私をいっしょにさせて、ゆくゆくは山荘をやってもらいたいらしいのよ」

「……」

「その人とは、家が近所だったものだから、小さいときよくいっしょに遊んだの。ねえ、竹下さん、このお話、どうおもう」

圏谷の下部のほうへ遠い視線を送りながら、ひとり言のように話していた幸子は、竹下のほうへ向き直って、ひたと目を据えた。目に熱い光がある。

その視線を、まぶしいものから目をそむけるように躱《かわ》した竹下は、

「いい話じゃないか。幸ちゃんの気持ちはどうなんだい？」

「だから竹下さんの考えを聞いているのよ」

「ぼくはとてもいい話だと思うけどね。山の好きな青年で、きみの幼なじみだったら、理想的じゃないか。きっときみをしあわせにしてくれるよ」

「竹下さん」

幸子は改まった口調になった。

「うん？」

「私のほうをちゃんと見て」

「見てるよ」

「嘘！　きょうの竹下さんはどこかおかしいわ。私の視線を避けてる」

「そんなことはないさ。これでいいかい」

竹下は、まぶしいのをこらえるようにして幸子の瞳を覗《のぞ》きこんだ。ほのかに色づいた夕暮《たそがれ》の雲が瞳の中に浮かんでいる。その奥にある暗さは、東のほうからひたひたと押し寄せる遠い黄昏の色か、あるいは彼女のもつ生来の翳《かげ》りであるかはよくわからない。

「竹下さんは、私が本当にその人と結ばれたほうがいいとおもって？」

「きみの気持ちはどうなんだい？　ぼくの考えよりも、きみの気持ちが大切じゃないか。きみがお嫁にいくんだから」

「私、お嫁になんかいきたくない！」

幸子は急にヒステリックな口調になった。雲を映した瞳《ひとみ》が、みるみる涙ぐんでくる。

「いったいどうしたんだい？」

竹下は、女の感情の変化についていけなかった。途方に暮れた表情をしている竹下に、幸子は自分の想いが伝わらないもどかしさを覚えた。それが悲しみをかきたてる。

「竹下さんには、私の気持ちがわからないのよ」

幸子は泣きじゃくった。

「わかっていれば、そんな残酷なことは言えないはずだわ」

「幸ちゃん、待ってくれ！　ちょっと待ってくれ」

これ以上幸子の話すに任せたら、こちらの話を切りだせなくなる。彼女の気持ちがわからないどころか、よくわかっていればこそ、わざわざ別れの言葉を告げに来たのである。

それは幸子にとって悲しいことの一つかもしれないが、決して残酷なことではない。竹下にとっては、それは青春の淡い交情に打つ一つの終止符であった。

幸子がそれを残酷だと言うのは、女特有のオーバーなロマンチシズムのせいだろう。

親がすすめる幼なじみと結ばれれば、竹下のことなどは、すぐに忘れてしまうにちがいないのだ。

もし、彼女が、竹下の訣別を残酷だと言うなら、なおのこと、打たねばならない終止符である。彼女は夢を見たのだ。どんなに美しい夢であっても、夢は、これから生きる人生を保証しない。

「幸ちゃん、実は、ぼくの話というのもそのことなんだよ」

「そのこと？」

幸子は涙にうるんだ目をあげた。

「ぼくも近く結婚することに決めたんだ」

「結婚！」

幸子は一瞬、悲鳴のような声をあげた。

「すすめる人があってね、見合いもして、相手もぼくのことを気にいってくれた。もう結納の日取りを決めたんだ」

とにかく先に話したほうが勝ちだというような口調で、竹下は一気に言った。

「そうだったの」

幸子の身体から憑物《つきもの》が落ちたようであった。

「だからきみにお別れをするために、忙しい中を休暇を取って来たんだよ。きみとお父さんには、ずいぶんお世話になったからね」

「お世話なんて、お客様として当然のことをしただけだわ」

　幸子の口調から感情が抜けた。顔から表情が失《う》せた。すでに泣いていなかった。目に浮かんでいた熱っぽい光が消えた。代わりに濃い暗い翳が、幸子の見開かれた目にすみのようにひろがった。ちょうどそのとき太陽が稜線のかげに落ちたのである。

　幸子の瞳をくもらせた翳を、日没のせいだと竹下は解釈した。

「今度は新婚旅行で来るよ。そのころはきみもお嫁さんになってるね」

　竹下は、それこそ残酷な止《とど》めともいうべき言葉を追加した。先手を取って、自分の言いたいことをしゃべって、幸子の口を封じてしまった男のエゴイズムがそこにあった。

「きっとそうなってるわね」

　幸子は気のない調子で相槌《あいづち》を打つと、そのままの姿勢を保っているのが難しいような全身の激しい脱力感とたたかいながら、

「今年も山は終わりね」と言った。

　それは過去、いくつもの夏の終わりに、竹下が山を下るとき、別れの挨拶《あいさつ》の代わりに、どちらかが口にした言葉であった。そしてその後に必ず「来年」の約束がつづいた。

〈来年もきっと来て〉

〈来るともさ、必ず〉

　その約束はいままで必ず守られてきた。だがいまの二人には来年はない。それは二人ともよく知っていた。

竹下にとって「たまの休暇に山へ来るのが生きがいの生活」も、幸子の「山だけの生活」もともに終わったのである。

竹下にはこれから〝べつの生きがい〟が生まれ、幸子は〝山〟を失った。

幸子が山を失ったということは、すべてを失ったことに等しかった。竹下はそれを女が見やすい青春の甘い夢だと解釈した。そこに彼の誤算があったのである。

4

竹下和彦が北アルプスM岳へ登ると言って、家を出たまま帰宅しないという届けが家族から出されたのは、それから数日後である。

地元の所轄署を経由して、その連絡を受けた有川正作はびっくりした。たしかに竹下は、家族から届け出のとおりの日程でM岳へ登ってきた。しかし予定どおりM岳山荘に二泊したあと、元気に下山して行ったのである。

当日は天候もよくて、何ら遭難する要素はなかった。またM岳周辺には危険な岩壁もない。竹下は岩登りに来たのではないから、たとえ岩場があったにしても、そこで遭難するはずがなかった。

彼は先鋭なアルピニストではなかったが、M岳周辺には毎年のようにやってきて、地元の人間同様にそのへんの地理に精通していたのである。

九月にはいって山が寂しくなったとはいえ、まだまだ入山者はある。下山道のどこかで事故をおこしたのであれば、必ずだれかの目に触れるはずであった。

「山から下りてから、どこかへまわったんじゃねえかな?」

と正作は考えた。最近は山よりも、むしろ下界《した》のほうが危険が多い。山荘の人間がたまに町へ買い物などに下りるとき、

「遭難しないように気をつけろ」と注意するくらいだ。

下界で遭難しておりながら、山で遭難したように釈《と》られたのでは、迷惑このうえない。

しかしともかく、M岳へ来て以来、消息を絶ったとなると見すごしにはできなかった。

それに下界の事故であれば、何日も人目に触れずにいるということは考えられない。

正作は山岳警備隊《パトロール》の応援をうけてM岳周辺をくまなく捜索した。まず最初に捜したのは、竹下が取った下山路である。

誤りようのない明瞭《めいりょう》な一本道だが、悪天候に叩《たた》かれると、遭難者のでることもある。だいたいが尾根すじで風雨に叩かれての疲労凍死という形である。そこから谷すじに下って鉄砲水や、徒渉中の事故がある。

しかしそれらはいずれも悪天の場合だ。

竹下が下山した前後は好天つづきで、風雨や鉄砲水に襲われるはずがない。丸木橋も流されていない。晴れていても、上流に夕立があると、たちまち水位のあがることがあるが、当時そんな夕立はなかった。

一般下山道を捜しつくした一行は、地元の猟師や、先鋭な登山家しか入り込まないバリエーションコースに捜索の足を向けた。

M岳周辺には岩場は少ないが、密度の濃い原生林が、その山腹をびっしりと埋めている。この中に迷い込むとちょっと面倒だが、遭難者が入り込む地域はだいたい決まっていた。あたかもパチンコの玉が、長く弾《はじ》いている間に、機械の中に導かれやすいルートをつくるように、遭難者の迷いかたにも長い間にだいたいコースが定まってしまうのである。

しかし竹下の姿はその地域からも発見されなかった。

残された唯一の地域として浮かび上がったのは、黒部渓谷の流域である。M岳山荘は黒部源流への出入口にあたるところだ。

白馬連峰と立山連峰の三千メートル級の二大山脈にはさまれたこの渓谷は、場所によっては幅が数メートルに迫る。両岸は「下《しも》ノ廊下」とか「上《かみ》ノ廊下」と名づけられたとおりに、廊下状に切り立った断崖《だんがい》となっている。その上部は三千メートルの稜線《りょうせん》にまでつづくのだから、いかにスケールの大きい渓谷であるか、想像がつくであろう。

黒部は地形が嶮《けわ》しいだけでなく、水の流れかたも凄《すさ》まじいものがある。いくたの支流を合わせて広い流域から水を集めているこの渓谷は、ひとたび悪天候になると、川幅の迫った廊下は、たちまち水位が二十メートルも上がってしまう。

両岸の支流というより毛細血管のような枝沢は、垂直に近い傾斜を、ほとんどが瀑布《ばくふ》状となって落ちこんでいる。この枝沢のどこかが倒木などによって水流を堰《せ》き止められたのが、何かの拍子に障害物を除かれると、ダムが決壊したように奔流となって殺到する。

これが鉄砲水といわれるもので、ガイドブックによると、黒部におきるものは、その急峻《きゅうしゅん》な地勢のために、突風をおこし、大木を倒し、ときには尾根を越えることもあるそうである。

ひとたび黒部の流れにのみこまれると、死体はあがらない。黒四《くろよん》ダムのできた現在でも、川すじを除く流域の大部分は、人間の足跡《そくせき》を受けつけていない。

「もし黒部へ落ちたとしたら、面倒だな」

「しかし、どう考えても、竹下さんが黒部のほうへ下ったはずがない」

黒部側は、竹下の下山コースとは反対の富山県側である。正作や幸子をはじめ、山荘の従業員が、たしかに竹下が長野側へ向かって下山して行くのを見送っているのだ。

もし竹下が黒部のどこかで遭難したと仮定すれば、彼は見送った正作や幸子の前ではいったん長野側へ下ったように見せかけておいて、正作たちの目から外れてから、もう一度下りた道を登りなおして、黒部側へ入ったとしか考えられない。

しかし、もしかりにそうだとすれば、どうしてそんなことをしたのか？　正作たちの目を欺いてまで、黒部へ下りなければならなかった理由は何か？

竹下の死体が現われない以上、すべて仮定にもとづいた推測にすぎない。彼の行動の理由も、これまた仮定のうえであれこれ臆測《おくそく》しているだけのことである。

竹下が黒部方面へ下るはずがないと半ば確信しながらも、捜索隊は黒部渓谷の川すじを捜した。しかしここにも竹下を発見することはできなかった。死体どころか、彼の足《あし》跡《あと》一つすら、M岳周辺の山域、および黒部の流域には残されていなかったのである。

一方、竹下の下山後立ちまわりそうな先にも、捜索の手は伸びた。だがこちらからも消息はつかめなかった。ここに竹下和彦は北アルプスM岳へ登ると言って家を出たまま、正確にはM岳から下山途中のどこかで、その足跡《そくせき》をぷっつりと絶ってしまったのである。

5

有川幸子は、父がすすめてくれた幼なじみの大瀬《おおせ》達夫《たつお》と結婚した。大瀬は結婚と同時に勤めをやめて山へ入った。

正作が依然として表むきの山荘の経営者であったが、経営の実際は若夫婦が行なうようになった。

「わしもいい後継者ができたので、そろそろ引退を考えているよ」

と正作は会う人ごとに言って、よい娘婿をもらったことを自慢した。しかし季節になると、山麓《さんろく》にじっとしていられなくなって、山へ登ってきた。

「もういいかげんに若夫婦に任せきりにして、あんたはのんびりと温泉まわりでもやったらいい」

と親類や友人から言われたが、結局山荘へ上がってきてしまうのは、彼が山から離れては生活できない人間になっていることを示した。

実際、正作は山が好きだった。山にいるときがいちばん幸福であった。

M岳山荘は、大瀬達夫が来てから、ますます繁盛するようになった。大瀬はなかなか経営の才のある男で、

「山小屋が、従来の避難小屋的な感覚で経営をつづけていると、登山客から捨てられてしまう。その立地条件のハンディによって、設備やサービスの悪さの言いわけにはならない」

と主張して、従来の山小屋的なイメージからおよそかけ離れた、おもいきってデラックスな設備につくり変えた。

そのために、慎重な正作を口説いて、いままで蓄えた資金を全部投入して、山荘をホテル形式に改造させた。風呂《ふろ》つきの個室をつくったのも、アルプスの山小屋でM岳山荘が初めてである。

アルプス最奥の山小屋が、その立地的ハンディにめげず、中部山岳で最もデラックスな設備を施したことは、画期的であった。

新しい山荘は、在来の同業者から、とかくの批判を受けたが、経営は順調だった。新山荘の開設とほとんどときを同じくして、正作が十年がかりで開発していた新道が開通

したために、M岳山荘もついに〝一日圏〟にはいったのである。

登山客は三倍に増え、営業期間は、従来の七、八月の二ヵ月から、一挙に六―十月いっぱいの五ヵ月間に延長された。

「このぶんなら予定より五割がた早く償却できるかもしれねえな」

と正作は上機嫌であった。あと正作が望むことは、初孫の顔を一日も早く見ることであった。だが、すべてが順調にいくことはないもので、このころから若夫婦の間が、どうもしっくりいかなくなった。

いや、もともと彼らの間には完全に溶け合えないわだかまりがあったようである。いままでは山荘の大改造やら、大詰めにかかった新道工事などで背後に押しやられていたものがいちおう落ち着いた現在になって、急に表面に顕《あら》われてきた様子なのだ。

大瀬はときどき酔って、幸子を撲《なぐ》ることがあった。

「やい幸子、おまえのような冷たい女はいないぞ。おまえには温かい血が流れているのか。まるで石を抱いてるようだ」

大瀬はののしった。それが聞こえているのかいないのか、幸子の冷たい表情には一すじの変化も見られない。

それが大瀬の怒りをますます煽《あお》るらしかった。

ときには父親の前で、幸子の髪をつかみ引きずりまわすこともあった。見るに見かねて正作が止めると、

「親父さん、本当のことを言ってくれ」

と酔って充血した目を据えた。

「本当のこと？」

「そうさ、幸子にはおれといっしょになる前にいい男がいたんじゃねえのか？」

「そんな馬鹿な、そんな男がいるはずがない」

正作は憤慨した口調で否定した。幸子は女子高校をおえると同時に山へ入った。町にいる娘のように若い男とつきあう機会などなかった。そのことは親の正作がいちばんよく知っている。

「ふん」

大瀬は正作の抗議めいた口調を鼻で笑った。

「だったらこの女は雪女かもしれねえな。面《めん》は十人並みだけど、心は冷えきってるね。親父さんは知ってるかね、結婚してからこの女はおれに笑い顔を見せたことはないんだ」

「そ、そんな！　わしは笑った顔を何度も見ているぞ」

「そりゃあ、笑ったことはあるだろうよ。でもみな造り笑いだよ。おれには心から笑いかけたことはない。夫婦だからおれにはよくわかるんだ。幸子の心は、何か他のことに吸い取られている。少なくとも、おれには向けられていない」

「……………」

「それが証拠に、おれたちの間にまだ子供が生まれないだろう。幸子はおれの子を生みたがらないんだ」

そして大瀬は夫婦間だけで言うべき、幸子の閨房《けいぼう》でのしぐさを口にした。

それを聞いて、むしろ正作のほうが赤面した。ところが、幸子の表情が少しも変わらない。まるで知らない外国語を聞くように、何の感情も現わさない。

そこに正作は、娘夫婦の間に秘《ひそ》かに進んでいたらしい病蝕《びょうしょく》が軽いものではないことを悟った。

「まあまあ、娘の至らないところは、わしからよく言い聞かせるから」

とその場は大瀬を何とかなだめたが、正作に心当たりがあるわけではなかった。

あとになって幸子と二人だけになったとき、正作はそれとなく、大瀬と結婚する前に好きな男でもあったのかと聞いた。

「そんな人、いないわ」

幸子の答えは、疑う余地もないほどはっきりしていた。

「それならいいけど。ところで大瀬の言ったことは本当かい？」

正作は恐る恐る微妙な質問にはいった。本来こういう質問は母親に任せるべきものである。自分の娘とはいえ、夫婦間のプライバシーにわたることであった。男親が聞くのは辛《つら》い。

「本当よ」

しかし幸子の答えは、驚くほどはっきりしていた。

「おまえ！」

「私、あの人、嫌いよ。結婚したときから嫌いよ。いまでもその気持ちは同じだわ。だからあの人の子供は生むまいと決心したの」

「そんな乱暴な！　夫婦というものは……」

「必ずしも子供を生まなくてもいいでしょ」

「そんなことはない、何か体に悪いところでもあればべつだが、正常な夫婦が子供を生むのはあたりまえの話だよ」

「愛情がなくとも？」

「それがおかしいよ。夫婦というものは、最初、とくに感情を意識しなくとも、いっしょに暮らしている間に愛情が湧いてくるもんだ」

「でも私はだめなのよ」

「それはおまえが大瀬を愛そうとする努力をしないからだ」

「努力したわ。でもだめなのよ。どうしても忘れられないの」

「忘れる？　何をだ」

正作は、幸子がおもわず口をすべらせてしまったらしい言葉を聞き咎《とが》めた。

「何でもないわよ。ただ私には大瀬をどうしても愛せないだけ。ただそれだけよ」

「いやちがう。おまえはいましかに何かが忘れられないと言った」

「どうでもいいじゃないの、そんなこと」

　幸子の口調は、はすっぱになった。彼女の瞳《ひとみ》にひろがった翳《かげ》は、昔あったあのきらめくような光をすっかり消してしまっている。親としてもっと早くそれに気がついてやるべきだった。正作は幸子と話している間に、彼女の心に進んだ病蝕がすでに手遅れのような絶望感をおぼえた。

「どうでもいいことではないよ。お父さんだけに話してごらん。おまえ一人で苦しんでいることはないんだ」

「お父さん、ごめんなさい。いまさら話したところで、どうにもならないことなのよ。私は大瀬と結婚すべきじゃなかったの。大瀬の言うとおり、私の心は、あの人にはないのよ」

「じゃあどこにあるんだ？」

「遠いところよ。話したところで、お父さんを苦しめるだけだから」

「そのためのお父さんだよ。子供の苦しみを代わってやるのは、親にしてみれば苦しみじゃないんだ」

「私には言えないわ」

「おまえが黙っているということは、それだけわしを苦しめることになるんだよ」

「お父さん、許して」

　結局、正作は、幸子の心の秘密をつかむことはできなかった。

はらはらしている父親の前で、若夫婦の仲はますます荒廃していった。

山荘の改造前までは、大瀬は入り婿のような気があったせいか、正作の前で遠慮していたのが、改造後の山荘の繁栄が、自分の手腕によるところが大きいと知って、にわかに態度を大きくしてきた。

正作に対する遠慮が失《う》せると、結婚の最初からあった幸子の冷たさに対する不満が一気に拡大されて爆発した。

正作の前で幸子に暴力を振るう回数がしだいに増えてきた。そしてそれが高じて正作に見せるために、幸子を苛《さいな》むようになった。

「おれは婿に来たんじゃねえぞ。ちくしょう、こんな女のでき損ないを押しつけやがって！」

「親父さんよ、これはあんたの責任だぜ。商品だって、ポンコツ売りつけたら、売り手が責任をもつんだ。幸子のメーカーのおまえさんにひとつ責任をとってもらいてえな」

「あんた、最初から幸子に好きな男がいるってことを知ってたんじゃねえのかい。こっちも初心《うぶ》だったもんだから、あまり気に留めなかったけど、幸子は処女じゃなかったようだ」

とつぎつぎに言いがかりをつけてきた。それに対して正作は何一つ答えられない。父親でありながら幸子の心と体の奥のことはまったくわからなかった。答えたくも、答えようがないのだ。

自分が大瀬の暴言に耐えることによって、少しでも娘へ向かう暴虐が軽減されればとおもって、大瀬の言いつのるに任せていた。

だがそれは正作の誤算であった。大瀬は正作に暴言を浴びせることによって、幸子への憤懣《ふんまん》と憎しみをかきたてているらしかった。

大瀬の幸子に対する暴力行為は、日に日にエスカレートする一方だった。

オフ・シーズンで町へ下っているときはもちろんのこと、シーズンで山へ上っているときも、客の前もかまわず、幸子を苛んだ。幸子の身体には痣《あざ》や生傷の絶えることがないようになった。

ようやく、大瀬の目にあまる行為は、人の口にものぼるようになり、「離婚したら」と言ってくれる人もでてきた。

しかしM岳山荘の経営に関して実績をつくってしまった大瀬を、簡単に追いだすことはできなくなっていた。

それに、幸子が大瀬の子供を生むことを一方的に拒否していることが、彼を暴力に駆りたてている原因なのである。

正作としても、大瀬を強くたしなめられないのは、妻に受胎を拒否された男の屈辱がわかるからであった。しかも幸子がどうしてそれを拒否しているのか、いっさいわからない。

いくら父親でも夫婦の間の微妙な行為を、娘に強制することはできなかった。

それだけにこのトラブルの根は、深く複雑であった。

そのうちに大瀬は、市内のバーで知り合ったホステスを、家の中へ引っ張り込んだ。腐肉の塊りのような女だった。幸子へのいやがらせのために、故意にそのような女を選んだらしい。

大瀬は、その女と、幸子や正作の目も憚《はば》からず、昼間から痴態をくりひろげた。むしろ彼らに見せつけるために、ことさらに、昼間、女に挑んだ。

「ポンポンを貸してくれる女は、いくらでもいるんだ。おまえとちがって、この女の肌は温かいぞ」

と幸子の前に女を連れてきて、からみ合った。最初のうちはいやがっていた女も、人に見られていることによって異常な興奮をおぼえてきたらしく、演技ではない痴態を嬉々《きき》としてさらすようになった。

6

大瀬達夫がM岳北面のカール上部の雪渓で足を踏みはずして滑落の途中、雪渓の中に突きでていた岩に頭部を粉砕されて死んだのは、その翌年の夏の初めである。

自分の家の庭のように馴《な》れている気やすさから、ピッケルもたずに雪渓に踏みこんでの事故であった。

頭部を粉砕されたまま滑落をつづけたらしく雪渓には血潮が赤い帯のように走り、黄色い脳漿《のうしょう》が散らばって、酸鼻な状況を呈していた。

死体は登山者によって発見された。山荘の人間が現場に駆けつけたとき、崩れた脳味噌《のうみそ》や頭部に、夏の初めのハエがまっ黒に群がり、駆けつけた人の気配に驚いてわあんと黒いつむじ風のように飛び立った。

「幸子は、見ないほうがいい」

現場の近くで、幸子は正作から押し止《とど》められた。

「いいえ、私、恐くなんかない」

しきりに止める父親の手を振りはらって、幸子は死体のそばへ近づいた。恐怖も悲しみの表情も見せず、幸子は、じっと夫の死体を見つめた。


北アルプス中部遭難対策協議会M岳山域救助隊長という長たらしい肩書をもつ、O町署警部補・熊田実《くまだみのる》は、救助隊の嘱託医について、大瀬達夫の検屍《けんし》にあたった。

遺体は、M岳山荘の有川たちの手によって寝袋《シュラフ》に詰められて、ひとまず山荘のそばまで搬出してある。熊田は警察の指示を待たないうちに、勝手に遺体を移動したことに抵抗をおぼえたが、山岳遭難の場合、現場がおうおうにして近づきにくい場所が多く、検屍に都合のいいところまで搬出することが多いので、あえてとがめだてしなかった。

——しかしせっかく医者と警察官がここまで登ってきたのだから、現場で保存しておいてもよいのに――という不満は消えなかった。

山荘から事故現場のM岳北面の雪渓まではほんの一投足である。医者と熊田が〝現場〟まで登るということは、あらかじめ伝えてあった。

したがって、あえて遺体を現場に保存するようにとは注意しなかった。わざわざ注意しなくとも、現場へ検屍に行くと言っているのだから、そこに保存することは当然だと考えていたのである。

ところが有川正作は、現場と山荘がほんの指呼の間であることから、山荘も、現場に含まれると〝拡大解釈〟したらしく、勝手に遺体をそこまで搬出していた。

警察側の手間を省くために好意でしたことなので、文句は言えなかったが、熊田にはどうもすっきりしないところがあった。

寝袋《シュラフ》のファスナーを開けると、顔面が血と泥に汚れ、後頭部半分がなくなっている大瀬の無惨な遺体が現われた。もともと捜査畑にいたのが、山が好きで、自分から救助隊を希望した熊田は、死体には馴れていた。

山岳遭難の死体は、凍死体を除いて犯罪による死体よりもおおむね凄惨《せいさん》である。とくに岩場からの転落死体や、なだれによる圧死体はひどい。夏などは、死体は速やかに腐敗して、虫蝕《むしくい》と悪臭で、手のつけようがない。そこに人間の悪意と、自然が内蔵している危険の差があった。

大瀬の遺体の損傷は激しかったが、発見と収容が早かったので、まだ腐敗はあまり進んでいないようだ。

嘱託医は馴れた手つきで検屍をはじめた。顔の汚れを拭《ぬぐ》い落としてみると、右顔面全体に擦過傷があり、右目右耳も、挫傷《ざしょう》している。口唇内面は砕かれ、血と泥が詰まっている。その他、両膝《りょうひざ》部から背中にかけていちめんに生活反応のある擦過傷があり、とくに右側面がひどい。致命傷は後頭部の破砕と腰椎《ようつい》の脱臼《だっきゅう》である。

「雪渓を横断中《トラバース》、スリップして滑落したんですね」

熊田が医者の意見を求めた。

「そうとしか考えられないね。最初にスリップしたときは背中を下にして、つまり尻《しり》もちをついたような恰好《かっこう》で落ちた。途中で露出した岩に頭を打ちつけて、もんどり打ち、今度は体の右側を雪渓にこすりながら滑落したんだな」

「岩にバウンドしてから、次に出ていた岩に頭を打ちつけたのかもしれませんね」

尻を下にして落ちたのであれば、まず最初に、足か腰を打つことが考えられる。腰椎の脱臼がその状況を物語っていた。

「頭が先でも、腰が先でも、これじゃあ助からないよ。体を大根下ろしにかけたようなもんだ」

医者はそのとき初めて職業的な表情に痛ましそうな感情を浮かべた。北面の雪渓は、最万年雪で埋まり、傾斜もきつく、いたるところに鋭い岩石が露出している。長さは、最長部分で約三百メートル、あすこで滑落したら、医者の言うように身体を大根下ろしにかけるようなものであろう。

「それにしても、この程度の外傷から推測すると、ピッケルがあれば、停止できたでしょうにね」

熊田は残念そうに言った。

「きっと自分の家の庭のようなもんだから、たかをくくっていたんだろうな」

「しかしどうしてこんなところへ入り込んだんでしょうね？」

「さあ、そいつはわしにもわからない」

医者は首をひねった。熊田はそのとき、すぐそばにいた死者の妻の、大瀬幸子に、何かの表情が動いたような気がした。

それは、表情の変化というほどのものではなかったが、熊田は、彼女が何かに反応を示したようにおもえてならなかった。

熊田が幸子の気配のようなものを悟って、その面《おもて》に視線を向けたときは、彼女はすでに生来の寂しい翳《かげ》のある表情に戻っていた。

それは夫を不慮の事故で失った妻の、悲しみに打ちひしがれた表情として充分通用するものであった。

検屍がすんだ遺体は、現地で荼毘《だび》に付すことになった。営林署から指定された場所へ、遺体を運ぶ作業は、それに馴れた山岳関係者にとっても辛《つら》いものであった。

7

熊田が、死んだ大瀬とその妻との間が険悪だったという聞き込みを得たのは、それから間もなくのことである。

「あの大瀬の細君には、どうも他に好きな男がいたらしいだ」

「そのために大瀬が荒れて、細君をぶったり叩《たた》いたりしてたじ」

「正作さんもくやしそうにそれを見ているだけで、娘の浮気《うわき》がもとらしいだで、大瀬に文句を言えなかった」

「そういえば、細君の顔や腕に、よく、痣《あざ》が出ていたっけ」

「大瀬のやつ、それだけで足りずに、バーの女を引っ張りこんで、女房の前でチチクリ合っていた」

M岳山荘で働いていた人間が、こんな話をしているのを小耳にはさんだ熊田は、それによって胸の中にわだかまっていたものを触発された形になった。

〈大瀬の死体の傷に、作為されたあとはない。雪渓の滑落による典型的な事故死だった〉

——しかし、有川は警察の指示を待たないうちに、勝手に死体を移動した。あのときは〝現場〟の意味を拡大解釈したものと好意的にとってやったが、元来変死体というものは、現場保存が最も大切で、検屍に来るまで、何ぴとも手を触れてはならないことくらい、M岳山荘の経営者として、多年、山岳遭難に接している彼ならば、当然知っていたはずだ——

〈それにもかかわらず、有川は死体を動かした。何故か?〉

——それは、死体を現場に放置していては、都合の悪いものがあったからではないだろうか?——

〈それにしても、大瀬は何故、あの北面の谷間へ入り込んだのか?〉

熊田の自問自答は発展した。彼は北面の雪渓をトラバースしている一人の男の姿を瞼《まぶた》に浮かべていた。

〈その男に突然何らかの力が働いて、転倒する……〉

熊田はハッとなって顔をあげた。ふとおもいついた着想が恐ろしい可能性を示唆していた。

〈どうしていままでそのことにおもいいたらなかったのだろうか? 雪渓でスリップしたとしても、自分の不注意からスリップしたとはかぎらない。だれかにふいに突き飛ばされても、充分にスリップするのだ。しかも死体の損傷から、滑落の原因がそのどちらによるものか、見分けはつかない〉

——あのとき、この着想をもたなかったのは、山での死にそのような人間の悪意が働いていようとはおもっていなかったからだ——

〈しかし、ここに死者に怨《うら》みを含む可能性のある人間が浮かび上がってみると、その死は、下界でのものと少しも変わりがなくなる。しかも浮かんだ〝容疑者〟は、山を職業にしている人間だ。都会の人間が山を聖地視するような錯覚の感傷をもたない〉

熊田は、改めて、大瀬の死体の損傷状況をおもいおこした。

——背部の擦過傷と腰椎の脱臼——

「最初から尻もちをついたような形で滑落し、途中で露出した岩にぶつかって、もんどりうった」

と言った医者の言葉も、なまなましくよみがえってきた。

その傷の状態こそ、まさに背後から急に突き飛ばされた状況に符合するではないか。擦過傷には生活反応があった。つまりその傷ができたとき、大瀬は生きていた。頭部を粉砕される前にその傷を負ったのだ。

大瀬は事故死ではないかもしれない。だれかが北側の雪渓に誘いだして、隙を見て突き飛ばした。まさかそんな場所で、そんな〝外力〟を加えられようとは、予想もしていなかった大瀬は、無防備の姿勢を、そのまま転倒に移して、岩の突きだしている数百メートルの斜面を、一気に滑落していった。

「その力を加えた人間は……」

熊田は、目の前に、大瀬幸子の顔をえがいていた。あの愁いに沈んだ表情は、夫を失った妻の悲しみによるものではなく、初めて人を殺して、良心の呵責《かしやく》に必死に耐えていたものかもしれない。

「それから怪しい者はもう一人いる」

熊田はつぶやいた。それは幸子の父親の有川正作である。父親として、娘が暴力を振るわれている姿は、見るに耐えなかったであろう。

娘にも非があるので、彼は耐えに耐えた。しかしそれにも限度があった。大瀬が女を引っ張りこむにおよんで、ついに、忍耐は限界に達した。悪くすると、自分が半生を費やして建てた山荘までも奪われてしまう正作にとって、それは自分自身の防衛でもあった。ながいこと耐えただけに、内攻した憎しみが一気に爆発した。

「幸子がやったか、あるいは正作の犯行か？　それとも二人が共同してやったか？」

いずれの場合にしても、いまとなっては、遺体は焼いてしまったあとである。怪しいという状況が（それも熊田の推測による）あるだけで、何の証拠もない。

だが熊田は、当分の間、有川父娘《おやこ》に目を向けておく必要があるとおもった。

熊田は休日を利用してM市へ出た。山岳救助には休日はないが、だいたい山岳遭難の発生は一定している。夏の季節と、五月の連休、それから年末年始に、一年間の遭難のほとんどすべてが集中する。

連休は、山岳警備隊にとってそれこそ〝連救〟となるのである。したがってそれ以外の期間は遭難が発生しても、散発的で、スケールも大きくない。

警備隊もこの時期に、交替で休みを取るのである。休みといっても、いつ事故が突発するかわからないので、連絡先を明らかにしておく「ヒモつきの休日」である。

熊田はこのヒモの休日を割いてM市へ出た。M市は、O町から汽車で約一時間ほどの長野県央部の都市である。いろいろと文化的ないわれの多い都市であるが、むしろ北アルプスへの登山口としてその名を知られている。

熊田が貴重な休日を割いてまでこのM市へ来たのは、一人の女に会うためである。会うといっても、恋愛を目的にしたデートではない。

女の住所は、その勤め先から聞いてあり、女にも、きょう訪問することは伝えてあった。

繁華街の裏の、路地から路地へ折れていくと、その女のアパートはあった。女の部屋は二階である。階段をのぼっていくと、アパート全体がいまにも崩れそうにきしむ。

〈きっと消防署から立退き勧告を受けているな〉と熊田は職業的な推測をした。

廊下をはさんで、両側に各部屋が並んでいる。乳母車だの、三輪車だの部屋の中に収容しきれないガラクタがはみだしていて、廊下を渡したロープには、洗濯物がかかっている。訪問者は、洗濯物のトンネルをくぐっていく仕組みになっている。

廊下のいちばん奥まった部屋の前に立った熊田は、ちょっと緊張した表情になってノックをした。ブザーや表札などの気のきいたものは、つけられていない。

「どうぞ、鍵《かぎ》はかかっていないよ」

中から若い女のはすっぱな声が応《こた》えた。

熊田は苦笑しながら、ドアを開けた。

「O町署の熊田ですよ」

「ああ、いま起きたとこなのよ、ちょっと待ってね。すぐかたづけるから」

入ったところは半坪ほどの三和土《たたき》で、ピンクのカーテンがさがっている。その向こうで女が大急ぎで何かをかたづけている気配がした。どうやら、女一人だけの様子である。

「いいわよ、どうぞ」

やがてカーテンを開けて、紅を毒々しく塗った女が顔を出した。ネグリジェ姿のしどけない恰好《かっこう》である。警察官ながら、ともかく異性を自分の部屋へ迎え入れるのに、そのような恰好をしていて恥じないところに、女の頽《くず》れた職業を感じさせた。

口紅だけ厚く塗ったのが、彼女の精いっぱいのエチケットなのであろう。水商売の女にしても、こんな湿気《しけ》たアパートに住んでいるところを見ると、安サラリーマン相手の安バー勤めであろう。

「私に話って、いったい何なのよ？」

それでもいちおう熊田に座布団をすすめた女は、自分も彼の前に横ずわりにすわった。

部屋は六畳、ひととおりの家財は揃っている。

「大瀬達夫さんのことについて聞きたいんだがね。きみがしばらく同棲《どうせい》していた」

熊田は女の、しどけない恰好に目を向けないようにして聞いた。

「大瀬？　ああ、あの人には、すっかり騙《だま》されちゃったよ」

「騙された？」

「ああそうだよ。私のことを好きだなんて言っちゃってさ。こっちがその気になってついていったら、さっさと死んじまった」

「死んだのは、騙したのとちがうだろう」

「あの人ね、私のことなんか、好きでも何でもなかったのよ。奥さんへのあてつけに私を連れ込んだのさ。あの人が本当に好きだったのは奥さんだったんだ」

「どうしてそんなことがわかる？」

「女のカンだよ、こんな商売長いことやってりゃ、そういうカンは強くなるもんさ。ほれ抜いた奥さんの心が、自分にないと知ったもんだから、大瀬は荒れてね、そのいやがらせのために私とくっついたんだ。でもあの奥さんには、そんなことをしても、何にもならなかったよ。私たちをまるで動物でも見るような冷えた目でじっと見ていた。しまいにはこっちが恥ずかしくなっちゃった」

「それでも、大瀬といっしょにいたじゃないか」

「奥さんの目の前でわざと私にしかけたりしたけど、それがちっとも奥さんに通じないと知ったもんだから、あの人ったらよけいに荒れてね、いまに奥さんの親父さんが死ねば、山荘はおれのものになる。そうしたら、離婚しておまえといっしょになってやると言ったんだ。あの人はやけっぱちだったけど、本気で言ってたわ。それが急に死んじゃってさ……何だい……あんなやつ」

崩れた肉の塊りのような女だったが、話している間に死んだ男への哀惜がこみあげてきたのであろうか、言葉をつまらせた。大瀬との同棲には、その女なりの計算が働いていたにちがいない。しかし男に必死にすがりついて、夜の生活から抜け出そうとした女のひたすらな願いに破れた姿は哀れであった。

「山荘が自分のものになったら、細君と離婚して、きみといっしょになると言ったんだね」

熊田はたしかめた。そのような計算をたてていた男が、自殺をするはずがない。

「たしかに言ったわよ。その言葉に騙されて、私は、がらにもない甘い夢を見たんだ」

「奥さんには、べつの男がいたのかね？」

「いたとおもうよ」

「きみはその男を知ってるのか？」

「知るはずないじゃないの。いたとしてもきっと大瀬と結婚する前のことよ。大瀬といっしょになるために無理矢理に、仲を引き裂かれたんじゃないかしら」

「それもきみのカンか？」

「ううん」

女は首を振って、

「もし、現在、男がいれば、大瀬は必ず探しだしたわ。あの男には、他人の秘密を探しだす才能みたいなものがあったのよ。大瀬がどんなにしても、奥さんの心をとらえた男を探しだせなかったのは、それが過去のことだったからよ。もしかしたら、その男、死んでしまったのかもしれない。奥さんはとうに死んじゃった男が忘れられなかったのかもね。それだからよけい、大瀬が荒れたのよ。死んじゃった男じゃ、大瀬がどんなにくやしがったところで、手も足も出ないからね」

「死んだ男か？」

熊田はふと遠くを見るような目をした。

「かもしれないということよ。あるいは生きているかもしれないわ。とにかく、いま通じてるって男じゃないね」

女がつけ足した言葉を、熊田はよく聞いていなかった。

いまから三年ほど前、M岳から下山途中消息を絶ったM岳山荘の客のことが、何の脈絡もなくおもいだされたからである。

あのとき有川正作から要請を受けて、熊田は、M岳山域をくまなく捜索したものである。黒部の流域まで捜索の足をのばしたが、その客の死体はおろか、足跡《あしあと》すら見つけることができなかった。

たしか幸子が大瀬と結婚したのは、あの客が行方不明になった後だった。

――あの客と幸子の間に、何か関係はないだろうか？――

遠くを見ていた熊田の目が、しだいに強く光ってきた。

8

正作と幸子はふたたび親娘二人だけになった。二人の間には以前にはなかった、いたわりあいが生まれた。それは親娘の間の当然のいたわりあいとちがって、傷ついた獣どうしが、たがいの傷を舐《な》め合うような、一種の不幸によってつながれた暗い連帯感であった。

事件に関係なく季節はめぐった。二人の身辺に起きた突風のような事件も、過ぎ去ってみれば、最初から何事も起きなかったように、不動の山脈と、そこに反復される季節の回転があるだけである。

だがその回転の中に、確実に時間が過ぎ去った。新道の開通によって、黒部源流のよさが広く世の中に紹介されるようになり、訪れてくる登山客は増える一方であった。山荘も従来の本館に加えて、百人収容の新館をさらに増築した。いまや、〝大企業〟の趣きを呈してきた山荘を、正作と幸子はひたと寄り添うようにして経営していた。

大瀬が死んでから三年たった。このころから幸子は微熱を感じるようになった。食欲も減退し、体重が減ってきた。朝起きるときなど、背中が寝床に貼りついたように重く感じられる。

「幸子、このごろ元気がないなあ、どこか体が悪いんじゃないのか」

正作が心配してたずねるほどに、その異状は表に顕《あら》われてきた。

「何でもないわよ。ちょっと疲れただけよ」

幸子は努めて元気そうに笑ってみせたが、その笑いに力がない。

「医者に診せたほうがいい」

と正作は言ったが、ちょうどシーズンに入り、山荘の最繁忙期になっていた。いまこの時期に幸子に抜けられるのは、山荘経営に大きな痛手となる。それに、下界《した》にいるときのように簡単に医者に診てもらうわけにはいかない。

幸子が大丈夫だと言い張るのをそのまま信用したところに、男親の粗い神経があった。もし母親が生きていれば、娘の異状にもっと早く気がついたはずである。

正作には内緒にしていたが、幸子はそのうちに上腹部にしこりのようなものを感じるようになった。ただおさえてみても、べつに痛みはなかった。

幸子は、自分の身体の異状を悟るようになってから、昼間の比較的閑《ひま》な時間を狙って、しきりに北面の谷間へ行くようになった。そこへ行って何をしているのかわからない。

出発すべき客は発《た》ち、その夜の泊まり客が着くには少し間がある昼下がりの時間に、幸子は山荘を脱《ぬ》けだした。

正作はじめ、山荘の人間は、彼女が北面の谷間へ行っていることすら知らなかった。

ちょうどその時間は、山荘の昼寝の時間である。

早発《はやだ》ち早着が原則の山荘の朝は早い。昼寝をしておかないと、身体がもたなかった。

貴重な昼寝の時間を脱けだして、北面の谷間へ通う幸子のことに、だれも気がつかなかったのである。

幸子の衰弱は徐々に進んだ。やがて上腹部のしこりは、肉眼ではっきりと認められるようになった。

ゆるやかに進んでいた症状は、ある夜急激に加速された。それまで必死にこらえていたのが、とうとうがまんならなくなった様子である。

幸子はひどい腹痛を訴えた。うろたえた正作が、胃けいれんか食中毒かとおもって、備えつけの救急薬をあたえたが、痛みはますます激しくなるようである。

ちょうど山荘に泊まり合わせていた医者に診てもらうと、彼は慎重に診察したあと、精密検査をするまでは断定できないがと前置きして、何と肝臓がんの疑いがあると言ったのである。

しかも症状はかなり進んでいるということだった。ただちに山から下ろして、ちゃんとした医療施設で治療することが必要だと、医者は緊迫した表情で言った。もちろんそのような言葉は、正作にそっと伝えられただけである。

しかし、その場の雰囲気から、幸子は何かを悟ったようであった。幸子は翌朝、夜の明けるのを待って山から下りることになった。

翌朝になって幸子の姿は、山荘から消えていた。医者が急に射《う》った鎮痛薬が功を奏したのか、いくらかおさまった症状に、ほっと一息ついた一同は、夜明けまで仮睡した。幸子はその間に山荘から脱け出した模様である。

もしかしたら、胸に触れる腫瘤《しゅりゅう》から、幸子は自分の死病を悟っていたのかもしれない、そうだとしたら、自殺のおそれがあった。

「あの身体だ、遠くまで行けるはずがない」

人々は八方へ散った。しかし彼女の姿は、そのまま天へ吸い上げられたように消えてしまったのである。山荘の営業をそっちのけにして、M岳山域周辺をくまなく捜索してみたが、結果は空しかった。

幸子を診た医者は、自分のみたてでは精密検査を待つまでもなく肝臓がんの末期に入っていると自信ありげに言いなおした。つまりその末期症状の全身衰弱のひどい身体で、屈強な捜索隊の目の届かないような距離のところへ行けるはずがないというのである。

しかし、いないものはいなかった。正作は山岳警備隊の出動を要請した。改めて、M岳山域および、黒部の流域までが捜索された。しかし結果は同じだった。

ここに瀕死《ひんし》の重病人が、夜明けの二、三時間のあいだに、煙のように消えてしまったのである。

捜索の指揮を執った熊田警部補は、いやでも、同じように消息を絶った竹下和彦のことをおもいださないわけにはいかなかった。

あのときの状況も、いまとよく似ている。いやそっくりだといってもよいくらいだ。

隊員の中には、あのときの捜索に加わった古参の者もいて、

「神隠しが二度つづいた」と言って気味悪がった。

　そんな非科学的な現象のおこるはずがなかったが、実際に神隠しとしか言いようのないミステリアスな様相を呈したのである。

「娘さんは、竹下氏のところへ行ったような気がするなあ」

熊田は、正作と二人だけになったときを狙って言った。

「竹下！」

正作は言ったなり、顔色を変えた。それは明らかすぎる反応であった。

「どうだい正さん、本当のことを言ってくれないかな」

それとなく探りをいれたつもりが、意外な反応を得たので、熊田はさらに一歩進んだ。

「本当のことって何だい」

正作は必死に構えを立てなおそうとしているのだが、口調に狼狽《ろうばい》がある。

「娘さんは五、六年前に行方不明になった竹下氏と、何か関係があったんじゃないのか？」

「…………」

「それをあんたが無理矢理に仲を引き裂いて、大瀬と結婚させた」

「何言うだ、とんでもねえ。おれは娘の意志をないがしろにしたおぼえはない」

正作は急にどなりだした。熊田の言葉が急所に突き刺さったのか、正作はどなりなが

ら、断末魔の苦痛にもがいているように見えた。

9

二つの行方不明事件と一つの事故死を未解決（事故死のほうは熊田にとって）のままにしてM岳山上に歳月が流れた。

たった一人とり残された正作は急速に老いた。山荘の経営はすでに完全に従業員任せである。それでも山荘が営業している間、山へ登ってくるのは、山が好きだからであろう。

しかしそれをある者は、

「いやあれは山が好きだからじゃない。山で行方不明になった娘が忘れられないからだ」

と言った。さらにある者は、

「可哀想に。きっといつか娘が帰ってくるような気がしてならないんだろう」と言った。

山荘の経営から離れた正作の姿は、幸子の好きだった北面の谷間に毎日、見かけるようになった。そこは竹下の愛した場所でもある。

遠くたたなわる尾根の向こうに槍ヶ岳の尖峰《せんぽう》が鋭い。かつて若い二人が青春の夢を語り合った雪渓上部の露岩に腰を下ろした正作は、膝《ひざ》をかかえ、背を丸めて、ただ遠く青い遠望に目を泳がせていた。

長い夏の一日がようやく傾き、花やかな夕映えが、連山に遠い黄昏《たそがれ》を呼んでくるまで、正作の姿は同じ場所にあった。

谷あいから吹き上がる夕べの風が、彼のめっきり白くなった鬢《びん》をそよがせる。その横顔に貼りついたかげには、絶望的なまでの孤独感があった。


その夏は、梅雨が異常に早く明けて、非常に有力な小笠原《おがさわら》高気圧が七月の初めから、中部山岳を支配下においた。そのために、残雪も早い時期に消え、万年雪もぎりぎりに痩《や》せた。

槍ヶ岳方面から縦走してきた、男四人、女三人の若い学生らしいパーティは、今夜の目的地であるM岳山荘をすぐ目前にして、急に緊張が解けたらしく、M岳北面の谷間で少し遊んでいくことにした。

例年ならば三百メートルぐらいあるカールの雪渓も、今年は痩せて、百メートルぐらいに縮まっている。

一行は、その雪渓の比較的傾斜の緩いところで、グリセード(ピッケルや棒を支えにして雪上を滑降する)の練習をはじめた。雪渓の上に若い男女の元気な声が弾んだ。そのうちにグループの一人が、雪渓の急斜面のほうへ移動してきた。

「危ないわよ」

女の子の一人が注意すると、

「そんな平地みたいなところじゃ、グリセードもおもしろくないよ」

と答えて、雪渓の中央部へ出てきた。腕に多少自信があったのか、あるいは女の子の前でいいところを見せたかったのかもしれない。

雪渓の中央へ出た彼は、ピッケルを支点にしてグリセードをはじめた。女の子がぱちぱちと拍手を送る。勇敢なだけあってなかなか見事な姿勢だった。

いい気になってスピードをだしすぎたのがいけなかった。斜面の凹凸にあたってがくんと揺れたはずみに彼の身体は、バランスを失って雪面に転倒した。ピッケルがはね飛んだ。男の身体は転倒したまま、体勢をたてなおすことができず、加速度をました。下方には凶悪な岩が牙《きば》を剝《む》きだしている。女たちが悲鳴をあげた。

だが、次の瞬間、彼の姿は一同の視野からスイッチをひねったように消えてしまった。岩かげに隠れたのでもない。

「雪の割れ目《クレバス》に落ちたんだ」

「とにかく行ってみよう」

「足もとに気をつけろよ」

女たちをその場に残して、男三人が勇を鼓して、彼の消えたあたりへ向かって慎重にトラバースした。

「おうい、大丈夫か」

ようやくそのあたりに達した男たちはしきりに消えた男の名を呼んだ。

何度か空しく呼んだのち、どこからか男のものらしい応答が返ってきた。地の底のほうから聞こえてくるようである。

「あっ、生きてるぞ!」

「おうい、どこだ?」

たちまち喜色をみなぎらして、さらに呼びつづける。

「ここだよ。雪面に穴があいてる。雪洞《せつどう》みたいになってる。落ちないように気をつけろ」

地底からの声は言っていた。

「ああ、ここだ、ここだ、おうい大丈夫か、怪我はしていないか?」

雪面の一角に、マンホールが開口したように、小さな穴があいていた。奥は深く、曲がっているようで、よく見えない。

「腰をちょっと打っただけだ。それより、死体があるんだ。二つもだ。冬遭難したまま埋まっていたらしい」

「何だって!?」

救助に来たほうの男たちが仰天した。

「とにかく早くM岳山荘に知らせろ」

「何かあったんか?」

ちょうどそのとき、騒ぎを聞きつけた正作が、そこへ下りてきたところであった。

山荘から駆けつけてきた人たちが、一時間ほどのちに雪洞の奥から、二つの死体を雪面へ引き上げた。

「あっ、これは！」

雪渓上はすでに影の部分になっていたが、上空を染めた残照をうけて、うす明るく染まっている。そのうす明かりの中に横たわった死体は、行方不明になった幸子と、竹下であった。

二人とも消息を絶った当時の面影をそのまま残していた。上空の残照から落ちるかすかな紅が、彼らの頬をあたかも生きているようにうすく染めている。

万年雪の中の雪洞が、天然の冷蔵庫の役目をして、彼らの死体の原形を長い年月の間保たせたのである。

雪洞の内部は、辛うじて二人が入る程度の広さで、イヌイットのイグルーのようによくかためられてある。そこに二つの死体は寄り添うようにして横たわっていた。

上空から完全に残照がうすれたとき、雪の上の二人も、本当の死体に戻った。

「そんなに好き合っていたんだな」

だれかがつぶやいて、一同は暮れまさる夕闇の中に、彼ら自身幽鬼のように立ちつくしていた。

10

「あれが竹下さんのことをあんなに好いていると知ったら、いっしょにさせてやったのに」

二人の火葬がすんだあとに、正作は熊田に言った。

竹下の死体の後頭部に、岩か何かで撲《なぐ》られたような挫傷《ざしょう》があった。頭の骨が折れていて、それが致命傷になっていた。

熊田の推測だが、竹下が別れの言葉を告げにきたとき、幸子に殺意が湧いた。それは幸子にとっては殺意ではなく、竹下をいつまでも自分のものとしておきたいという燃えたぎるような情熱であったにちがいない。

「私は竹下さんを放したくない。どんなことをしても」

という決意が、自分から離れて下界へ下りて行こうとした男の後頭部に向かって、岩を振り上げさせたのだ。

男の死体は、ひとまず、男の好きだった北面の雪渓の万年雪の下に隠した。それを長い時間をかけて、半永久的なイグルーにした。幸子は閑《ひま》をみてそのイグルーにやってきて、永久に青春の若さをとどめている恋人に逢《あ》っていたのにちがいない。

やがて、自分の死期を悟った幸子は、恋人のかたわらに自分の眠る場所をつくるために、秘かにイグルーを拡張した。例年より早い夏が来ずに、イグルーの入口を塞《ふさ》いであった万年雪のブロックが痩せて陥没しなければ、この永遠の恋人たちの眠りは、妨げられなかったはずである。

「大瀬はあんたが殺《や》ったのか？」

熊田はおもいきってたずねた。

「いいや」正作は首を振って、

「あれは本当の事故死だった。いまさら隠しだてをしたってしかたがない。本当だ。あれは事故死だったんだ」

「どうしてそんなにはっきり断定できるんだ？」

「見ていたんだよ」

「見ていたって？」

「わしも、幸子も見ていた。大瀬は、幸子が頻繁に北面の谷へ行くことをおかしいとおもった。あの谷間に何かあると感づいて、しきりに嗅《か》ぎまわるようになった。だからわしはやつを殺すつもりでやつのあとをそっと追っていた」

「あんたはあの谷に竹下さんの死体があることを知っていたのか？」

「はっきりと場所は知らなかった。ただあすこに幸子の大切なものがあるような気がした。幸子の大切なものといえば、竹下さんしかいないことを、うかつなことながら、そのころになってようやく気がついた。あの雪渓のどこかに竹下さんの死体が埋まっているとおもった」

「すると彼を殺したのは娘さんだということを知っていたのか？」

「うすうすとね、もし大瀬が竹下さんの死体を見つければ、幸子が犯人だということがわかってしまう。それに幸子の宝物を汚《けが》すことにもなる。そんなことは親として、絶対に許せない。大瀬が竹下さんの死体を見つけたら殺すつもりで、そっと跡をつけていると、大瀬はあの日、雪渓でスリップして、まことにあっけなく死んでしまった」

「娘さんも目撃していたというのは？」

「幸子はわしの殺意に気がついていた。だからわしを殺人犯にしないために、自分で大瀬を殺すつもりで、機会を狙っていたんだろう」

それが真実かどうか、いまとなってはたしかめるすべはなかった。正作がいまさら自分の罪を隠すはずはない。わが子の犯罪を少しでも少なくするために庇《かば》いだてをしていることも充分に考えられる。

しかしそんなことはもうどうでもよくなっていた。いまさら真実を明らかにしたところで、何の利益もない。熊田は正作の申し立てを信じようとおもった。

「あんたは娘さんが行方不明になったとき、あの谷へ行ったことを知っていたのかね？」

「竹下さんのときと同じように、うすうすとね。娘の行くところは、あすこしかないとおもった。だからわしも毎日、あすこへ行ったのさ。できればいつまでも、あの雪の下に眠らせておきたかったよ」

正作は言って、面を伏せた。

M岳山頂から北面へ下ったカール状の雪渓のわきに大きなケルンが二基建てられてある。二基とも人間の身長ぐらいはある。一基がやや高く、もう一基はやや低い。

遠くから見ると、男女が仲よく寄り添っているように見えるところから、だれ言うとなく「カップル・ケルン」と呼ぶようになった。

山男や山女たちの間にこのケルンに石を積むと、好きな相手と結ばれるという伝説がいつの間にか生まれたために、ケルンは崩れては積まれ、また崩れては積まれている。

しかしケルンの下に、遠い日愛し合った男と女の骨片が埋められていることを知る者はいなかった。

何故なら、このケルンを最初に建て、骨片を埋めた有川正作も、死んだからである。

死因は心臓麻痺《まひ》だった。夏の終わり、山から下りる日のできごとであった。

台風の絆

北尾《きたお》隆文《たかふみ》は大学四年の夏休み前に健康診断を受けて、初感染結核症と診断された。いまのうちに大事をとって養生すれば治ると言われたが、いよいよ就活に取りかかろうとした矢先、おもいがけぬ伏兵にあって、北尾は意欲を失ってしまった。

クラスメイトたちは一流会社のドアを叩《たた》いて意欲満々、学窓から社会の八方に向かって飛び立とうとしている。

医師から大事をとるようにと警告されて、北尾は絶望した。医師の警告に従っていれば、社会へのスタートは遅れてしまう。しかし、

「人生は長い。一年ぐらい遅れても、どうということはない。一年留年してゆっくりと養生し、来年のチャンスを待て。むしろ一年間、同期の者よりも勉強できる」

と医師に慰められ、励まされて、隆文は気を取り直し、読みたいとおもっていた本をリュックサックに詰めて、八ヶ岳山麓にある山宿へ来た。

高校時代から山が好きで、秩父からスタートして全国の著名な山を登り歩いていた。

高校時代は山岳部に入り、部活動として集団登山をしていたが、単独行（一人で登る）のほうが性に合っていることを知り、大学時代はもっぱら一人で、好きになった山に足跡を残した。山で作る詩や俳句、エッセイ、写真などの追求には単独行が合ってい

る。山で鍛えた体力に自信があっただけに、健康診断の宣告は衝撃であった。

この夏は就活前の助走として計画していた八ヶ岳の縦走をあきらめ、この山麓《さんろく》にある山宿へ来たのである。

ほとんど登っている全国の著名な山の中で、特に気に入っているのが八ヶ岳である。アルプスに比べて山の規模は小さいが、最高峰赤岳《あかだけ》は三千メートルに近く、鋭角的な山容を天に向かって突き上げている。

赤岳を中心にして南北に走る連峰は、いずれも三千メートル級であり、北アルプスをはじめ中央、南アルプス、秩父連峰、浅間山から上信越の山脈にかけて、日本の名山が揃い踏みをしている壮大な展望を繰り広げる。

そして中腹から山麓にかけては限りなく広い裾野《すその》を引き、高度に従い偃松《えんしょう》、針葉樹林、山毛欅《ぶな》、その間を高山植物が鏤《ちりば》め、妍《けん》を競っている。原生林に囲まれて、池や湖沼が置き忘れられたように隠れている。

山麓に近づくと牧場が、まさに牧歌的な表情で、山頂から下りて来た山の旅人を迎える。

その美しい山容、連なる高峰に仕える艶《つや》やかな侍女のような、中腹から山麓に散在する白樺《しらかば》の純林や落葉松《からまつ》など、山の要素のすべてを集めた八ヶ岳が、北尾は好きであった。

特に山裾《やますそ》に広がる、広大な牧場に面する白樺の純林の中にあるその山宿が、北尾は気に入っていた。

読みたい本を満杯にした大きなリュックを背負ってやって来た北尾を、山宿の主はあたたかく迎えてくれた。高校時代から北尾はこの山宿によく泊まり、顔馴染《かおなじみ》であった。

北尾はこの山宿で、本を読みながら一夏を過ごすつもりである。

白樺の林の中に横たわり、一日中、本を読んでいる。朝飯と夕飯は宿で食したが、昼飯はアルバイトの女子大生が運んで来てくれた。

「私も一緒に食べていい？」

と、城野弘美《しろのひろみ》と自己紹介した女子大生は、白樺に囲まれて、北尾と一緒にランチを食べた。彼女はそれを楽しみにしているようである。

ハイシーズンであるが、登山者は山麓にあるその山宿をほとんど素通りして行く。牧歌的な裾野をようやく登りきって、森林高地に入って来た登山者グループは、賑《にぎ》やかに言葉を交わしながら稜線《りょうせん》を目指して、余裕のある足どりで登って行く。木立越しに白雲が群青の空に銀色に輝き、少しずつ形を変えながら流れている。

登山者グループを横目にしながら、白樺の純林に囲まれて本を読んでいる自分が口惜しくなる。

自分もあのグループに加わり、壮大な展望の中に夢を追いながら、稜線を縫う糸のような径《みち》を縦走したいというおもいに駆られた。

だが、いまの自分は、この美しい白樺の木立の中の囚人であり、読みたい本を読めるだけでも幸せである、と自分に言い聞かせた。木立から出れば、限りもない裾野が蒼《あお》い遠望の奥に溶けている。

天心を突くような高峰の絶頂に立って夢を飛ばした地平線や水平線の彼方《かなた》に犇《ひしめ》く無限の未知数は、いまの北尾にはない。医師の許しが出るまで病蝕に縛られた囚人なのである。

青春の拠点のようなこの宿に沈澱《ちんでん》（長期滞在）して、半月ほど経過したとき、台風が山域を直撃した。

大型台風が紀伊《きい》半島付近から上陸して、日本列島縦断の進路をとりながら前線の偏西風に乗り次第に加速して、中部山岳地帯から太平洋岸にかけ暴風雨圏に巻き込みつつあった。

あいにく宿の主に、どうしても麓《ふもと》へ下りなければならない急用が発生した。

「台風が近づいているが、この建物は頑丈にできているから心配はねえずら。今夜は少し騒がしいだろうが、明日《あした》の朝早く帰って来る。すまねえが、弘美ちゃんと一緒に留守番してくんな」

と宿の主の宮坂は言い残して、麓へ下りて行った。

気象庁の予報通り、深夜に至り台風が接近して猛烈な暴風雨となった。山全体が咆哮《ほうこう》し、主が頑丈と保証した建物がぎしぎしと揺れた。

台風が最高潮に達したとき、弘美が蒲団《ふとん》と枕を抱えて彼の部屋に飛び込んで来た。

「怖くて眠れない。一緒にいてもいい？」

と、ぶるぶる震えながら言った。

「君が嫌でなかったら、どうぞ」

と彼は言った。

北尾に承諾されて、弘美は飛び込むように部屋に入って来た。そして彼の隣りに蒲団を敷いて、身体を丸く縮めた。

それも束の間、屋根の上にばりばりという音が走ったとき、弘美は悲鳴をあげて彼の蒲団の中に飛び込んで来た。

「助けて」

と言いながら、北尾の身体にしがみついた。全身がぶるぶる震えている。

北尾は、

「心配ないよ。台風はすぐに去ってしまう」

と言って抱き締めてやった。

北尾の予言通り、それ以後、風雨が鎮まってきた。だが、彼女は彼にしがみついたまま離れない。恐怖が執念深く彼女の心身に居ついてしまったらしい。いつの間にか二人は唇を重ねていた。

翌朝、台風一過、昨夜とは別世界のような、風雨に磨かれた清々《すがすが》しい朝が訪れた。

窓が明るくなるまで、二人は一つの床を共有していた。台風が遠ざかった後、二人は同衾《どうきん》している必要がなくなった。

「私って、よっぽど魅力がないのね」

と、彼女は彼の床から離れるときに、独り言のように言った。

「君に魅力がないなんて、とんでもない。だれがそんなことを言ったんだ」

「ばか。鈍感」

弘美は言い返して、蒲団と枕を持って部屋から出て行った。彼は男として、大きな機会を失ったような気がした。

台風の渦中、一つ床を分け合って交わしたというよりは、自然に重ねた彼女の熱い唇が忘れられない。

あの唇は彼女の全身の許容を示すものであった。それに気がつかなかった彼は、鈍感と言われても仕方がない。

翌日、弘美は山宿を下りて行った。同衾して唇を合わせた彼と、同じ宿にいるのが重苦しくなったのかもしれない。

弘美が去った後の山宿はいっぺんに寂しくなった。

白樺の林の中にランチを運んでくれる者もいなくなった。ランチの内容は同じであったが、昼時、宿へ帰り、だれもいない食堂で、独りランチを食べるのは侘《わび》しかった。

本を読んでも、活字の意味が頭に入らない。落葉松の林や白樺の純林の中を散歩しても、侘しさをかみしめるだけであった。

そして彼は、滞在予定を少し早めて帰京した。

帰京後、別の医師に診察してもらったところ、「結核の初期」は誤診であった。

彼は一挙に元気を取り戻し、遅まきながら就活を始め、就職した。

その間、いくつか会社を変え、勧める人があって結婚した。

気づかぬ間に会社の中堅となっていたが、宮仕えに飽きがきて、懸賞小説に応募したところ、受賞した。

その後、調子よくベストセラーを連打して、作家としての一応の地位を得た。

妻との間に二人の子供をもうけ、一応安定した家庭を築いた。

作家生活五周年を記念して出版社が新刊のサイン会を開いてくれた。サイン会は作家としてのステータスである。

当日のサイン会は長蛇の列となった。かなり名の売れた作家でも、サイン会の客を集めるのは難しい。一時間で八十人ほどの客にサインができれば、一応の成功とされる。

サイン会スタート前の読者の長い列を見て、一時間ではとてもこなせないとおもった。しかも数冊抱えている読者も少なくない。大成功である。

読者一人一人と短い言葉を交わし、握手を求められ、時には読者とツーショットの写真撮影を求められる。

一分間に二人〜三人、一人複数冊持参もあり、一時間で百二十人〜百八十人のサインは厳しい。為書を求められると、さらに厳しくなる。

こうして制限時間が押し詰まってきたとき、愛くるしい少女を連れた三十代後半と見られる女性が、サインテーブルの前に立った。

薄い既視感があったが、いつ、どこで会ったのか、おもいだせない。女性は彼に会釈しながら遠慮がちに、為書用紙に書いた名前と共に、サイン用の本を差し出した。

為書紙に記入された新島弘美という名前にも薄い記憶があったが、やはりおもいだせない。結婚して姓が変わっているのかもしれない。

リクエストに応じて為書を書いていると、女性が、

「先生、おめでとうございます。八ヶ岳の山宿でお世話になりました」

と言った。

「あなたは、あのときの……」

記憶が一挙に甦《よみがえ》った。

八ヶ岳山麓《さんろく》の山宿でアルバイトをしていた女子学生、城野弘美である。姓は新島に変わっているが、嵐の夜、抱き合って一夜を明かした女性であった。

「これは懐かしい。わざわざ私のサイン会にいらしてくださって、ありがとう」

北尾は意外な再会にどう応《こた》えるべきか、うろたえた。

再会を喜び合い、その後の半生をゆっくりと語り合いたいところだが、読者の行列はまだ長くつづいている。

「先生、私の娘のきよみです。先生に似ているとおもいませんか？」

と北尾の顔を覗《のぞ》き込むように見た。

北尾は一瞬、はっとした。嵐の夜、同じ床をシェアして抱き合って過ごした。彼女の唇の熱い感触をまだおぼえている。

だが、あの時、どんな発展をしたのか、咄嗟《とっさ》におもいだせない。

「うそ、うそ。先生、ごめんなさい。驚かしてしまって……」

弘美はサインされた本を受け取ると、大切そうに抱えて、きよみと共にテーブルから離れた。

その後のサインを、北尾はよくおぼえていない。

サイン会は大成功に終わった。一時間に約二百冊、やや時間オーバーしたが、その店でのサイン会記録を塗り替えた。

北尾はサイン会の成否よりも、弘美の言葉と、彼女が連れて来た少女が気になった。

確かに、娘のきよみは、北尾の骨相によく似ていた。

山宿の嵐の夜の記憶が霧に包まれたように霞《かす》んでいる。

(もしかすると、あの夜、弘美と交わったかもしれない)

あの夜、弘美と結ばれて妊娠したとすれば、娘の推定年齢は符合している。となると、妻との間にもうけた二人の子供のほかに、もう一人、自分の血を引いた娘がいることになる。

しかもその娘は、妻と結婚する前に生まれている。弘美は「うそ、うそ」と言ったが、その場を繕っていたのであろう。

遠い青春の嵐の夜の過ち、夢か現実か確かめられぬいま、自分は一人の女性の誕生になんの責任も取っていない。

いまさらその責任を取ったとしても、弘美の家庭の安定を崩してしまうことになるかもしれない。

いまは記憶も霞んでいる遥《はる》かな青春の一夜が、弘美の、いや、二人の女性の人生を変えたかもしれない。

北尾は、追憶に浸りながら、後半生の責任と永遠の郷愁の重みを背負って、あの嵐の一夜をもう一度繰り返すならば、遠い夏の夜の出来事からもしかすると別の人生を歩んだ可能性を意識の奥に追っていた。

人生のB・C《ベースキャンプ》

倉上達也《くらかみたつや》は出席しようか、しまいか、かなり迷っていた。大学のクラスメイトから、クラス会の通知を受けたのである。

卒業してすでに二十数年、最後のクラス会から十数年経過している。クラス会には、ほろ苦い味がある。

クラス会の通知と共に、意識は二十数年前にタイムスリップしてしまう。いずれも若さに輝いているクラスメイトの顔が、走馬燈《そうまとう》のように重なり合って現われる。

小・中・高時代は遠すぎる上に、親の期待の荷重を背負い、受験勉強や、いじめという暗礁などがあって、懐かしさよりは忘却の瘡蓋《かさぶた》に塞《ふさ》がれている。

それが大学のクラス会となると、まさに青春の原点のようなキャンパスの想い出が、昨日のように懐かしく立ち上がってくる。

教室で教授の退屈な講義をうつらうつら聞いていたり、隣りの組との共同講義では、クラスメイトに出席カードを託してエスケープしたり、キャンパスに寝転がって、虹《にじ》のような気焔《きえん》を吐いたり、サークルの部室に屯《たむろ》して盛り上がっていたり、ほとんど部室で過ごしたにもかかわらず、午後の日射しが傾きかけたころ、充実した気分で下校する。

運動部となると、教室よりはグラウンドや体育館で過ごす時間が多く、暗くなってから下校する。

倉上は民研と称《よ》ばれる民族研究会に、上級生から誘われて入り、全国を旅行してまわった。

まだ海外旅行は普及せず、また、旅費がかかりすぎる海外には、親がかりの身分では無理であった。

民研には女子も多く、倉上が選んだ文学部は特に女子学生が多かった。

田舎のバンカラな男子高校から東京の有名な私大へ進学した倉上は、緑豊かなキャンパスを彩る華やかな女子学生の群れに、異次元の世界へ来たような気がした。

進学前に東京の各大学を〝視察〟してまわった倉上は、一目でその大学のキャンパスが気に入り、受験したのである。

そして彼の選択は誤っていなかった。ミッション系のその大学は、戦前・戦中の弾圧に耐えて、戦後、急速に校勢を取り戻し、戦前以上に拡張した。学生の自由の気概は強く、権力のコントロールを憎んだ。

OBの結束も堅く、新卒の就活を支援し、全国、社会の全方位にOBがいた。

社会、職業、思想等の部位が異なり、正反対の位置にいても、同学出身と知ると和やかになった。

クラス会は卒業後頻繁に行われるが、就職、結婚して、社会人として忙しく、家庭を築き家族が増えてくると、間遠になってくる。

四十代になると多少の余裕ができて、クラス会が復活する。

だが、卒業して二十年以上も経過すると、クラスメイトはグローバルに散らばり、消息が絶えてしまう者もいる。

この間、かつて同じ学舎に学んだ友の間に段差が生ずる。羽振りのよい者もいれば、落ちぶれた者、あるいは中間、さらにずば抜けて高い知名度に達した者もいる。

ドロップアウトした者はほとんど出て来ないが、中にはビジネスチャンスや、出世した者に支援を求めようとして出席する者もいる。

こんな機会でもなければ、足下にも寄れないほど差の開いた者にも、クラスメイトは「お前」「おれ」と称び合える。

中には差のついたクラスメイトに妬《ねた》ましげな視線を向ける者もいる。あるいは初恋の男女が再会し、幻滅することもあれば、焼け棒杭《ぼっくい》に火がつくこともある。

倉上は卒業後、新人懸賞小説に応募して、運よく入選し、その後発表した社会派の小説の評判がよく、一応、作家として認められた。

それほど有名ではないが、いくつかの作品がテレビドラマ化、映画化されて、知名度を高めた。

クラスメイトには会社の社長や大学教授、デザイナー、俳優になった者もいる。

俳優は倉上の原作の映画に出演して、一挙に人気を集めた。

二十余年ぶりに青春の仲間と再会するとおもうと心が弾むが、同時に彼の足をためらわせるバリヤーがあった。

敷島《しきしま》葉月《はづき》。入学したときから彼女はクラスからかけ離れた存在であった。

文学部で同じクラスになった敷島葉月と倉上は、教場最後列の同じ机に隣り合わせに坐《すわ》った。二人とも教授の講義をバックサウンドのように聞きながら、うつらうつらしていた。

倉上は、隣りに坐ったクラスメイトが気になって、講義も耳に入らなかった。豊かなストレートのロングヘアに輪郭は隠されているが、彫りの深いマスクに、均整のとれた抜群のプロポーションである。

学生には不似合いのシルクのワンピースの膝下《ひざした》にすらりと伸びた長い脚は、芸術的ですらあった。いかにも高価そうなハンドバッグを手にしている。高雅な香水の香りが、身辺に透明な霧のように漂っている。

後日、

「あの人、凄《すご》いわよ。エルメスのバーキンを手にして、クリスチャン・ディオールの香水をつけているわよ」

と、女子のクラスメイトがささやく声が耳に入った。

それがどの程度の高価なものかは知らなかったが、生来の優れた素質に、最高級のブランド品をつけているらしい。

教場では最後列の机に、あたかも指定席のように葉月と倉上は並んで坐るようになっていた。ほとんど教授の講義は聴かず、葉月はうつらうつらしており、倉上は携えて来た小説を読んでいた。

葉月はクラスだけではなく全級、そして全学の注目の的になった。容姿も優れているが、彼女が身につけているものは、裕福な家庭の女子学生たちも手の及ばない超一流のブランドものであった。

ブランドものを身につけてはいけないという校則はない。机を共有する二人は、いつの間にか言葉を交わすようになった。

「私、銀座でアルバイトをしているの」

と葉月は、授業の後、キャンパスに設けられているベンチに並んで腰をおろして言った。

「銀座……凄いところにいるんだね」

「べつに凄くなんかないわよ。よかったら私の店に遊びに来てみない?」

「冗談じゃないよ。銀座のクラブなんかに行ける身分ではない」

「私のサービスよ。いい社会見学になるわよ」

と葉月は誘った。

銀座の一流クラブでは腰をおろすだけで二万〜三万円、と書かれたガイドブックを読んだことがある。バイトで二万円稼ぐためには、一週間働かなければならない。いかに葉月がサービスしてくれると言っても、学生の分際で足を踏み入れる場所ではない。

「遠慮するようなところではないわよ。倉上くんも卒業したら、銀座がお仕事のB・Cになるかも」

「B・Cって、なんのことだい」

「ベース・キャンプよ。高い山に登るときはスタートの基地として、ベース・キャンプを設けるわ。知らないの？」

「ベース・キャンプなら知っている。ヒマラヤの未踏峰登攀《とうはん》のときなど山麓《さんろく》に設ける基地だろう」

「そうよ。ヒマラヤのジャイアンツ（八千メートル以上）や高峰の足下に築くベース・キャンプ。私のお店にも、ヒマラヤのジャイアンツのようなVIPが来るわよ。私のお店は、普通なら足下にも近寄れないお偉方に近寄れるB・Cなのよ。どう、一度覗《のぞ》いてみない？」

と誘惑した。

倉上はB・Cという言葉に魅力をおぼえた。そして葉月に煽動《せんどう》されて、彼女が働いている銀座のクラブへ行ったのである。

そして、そこで彼女の言葉通り、政・財界、また学会の大物を間近に見た。

ストレートに入学していれば十八～十九歳のはずであるが、葉月はすでに成人だと言った。葉月は銀座の店の人気者で、トップ・ホステスに迫っている。

若い女性は男たちの永遠の憧憬《どうけい》の的である。眩《まぶ》しいほどの若さに輝く抜群の容姿を持った女子大生とあって、いずれもジャイアンツ級の男たちが葉月を囲んでいる。ジャイアンツが、むしろ葉月の足下に近寄ったように見える。

葉月に案内されて銀座の夜を知ったことは、卒業後、社会に参加して大いに役に立った。

葉月は、銀座でバイトというよりは、すでに本業になっている夜の仕事に時間を取られ、一年留年した。

倉上も民研に入部して全国を歩きまわっている間に単位が足りず、葉月と共に留年した。つまり、二人は五年間、学生生活を共にしたのである。

留年後、キャンパスから、馴染のある顔がいっぺんに消えた。入学して来た新入生は、まったく別の惑星の住人のように見えた。

留年者は最高学年であるが、互いに知っている顔は一人しかいない。二人が所属していたクラスは、同級の卒業式と同時に解体されている。

留年前、四年間のキャンパスはクラスメイト以下、下級生すべてが知っている顔に見えた。だが留年後、知っている顔は一つもない。自分一人、社会から置き去りにされたような気がした。

そんなとき、孤独のキャンパスで葉月に出会った。互いに敵中でただ一人の味方に出会ったような気がした。

「寂しそうな顔をしているわね。私の家に来ない？」

葉月は倉上を誘った。

ただ一人の〝味方〟から誘われた倉上は、彼女の家に従《つ》いて行った。

キャンパスからあまり離れていない裏参道《うらさんどう》の豪勢なマンションに、彼女は一人で住んでいた。新宿の荒廃したアパートの間借り部屋とは雲泥の差であった。そしてその夜、倉上は葉月と結ばれた。

葉月のバックにジャイアンツの存在が感じられたが、それを詮索《せんさく》する意思も資格もない。

クラスメイトが卒業後、不足の単位を取るために久しぶりに登校した二人がキャンパスで出会ったとき、葉月は、

「私、近いうちに独立する予定なの。店名も葉月と決めたわ。開店日にはご招待するから、ぜひいらしてね」

と言った。お先真っ暗の倉上に比べて、葉月は意気軒昂《けんこう》としていた。

新卒の女子大生が独力で開店できるはずがない。ジャイアンツが支援しているにちがいない。彼女は身体を提供して独立を勝ち取ったのであろうが、独立にはちがいない。

開店日、必ず行くと約束して、二人は最後のキャンパスで別れた。そして社会という大海に、それぞれの人生に向かって歩み始めたのである。一年後、葉月から開店の招待状がきた。だが、倉上は行かなかった。

店名はそのまま「葉月」。所在は銀座の中核六丁目である。

片や銀座一流クラブのオーナーママ、一方は就活中の浪人。二人の間に開いた天文学的な距離のまま招待を受ければ、みじめなおもいをするだけである。

彼は、せっかくの葉月からの招待状を無視した。いや、意識はしていたが、怯《おび》えたのかもしれない。

こうして二十余年が経過した。

その間、新卒女子大生から銀座の一流クラブのオーナーママになった葉月は、マスメディアにも紹介され、店勢を伸ばした。

そして政・財・芸能・スポーツ・地方名士などの要人たちの社交サロンとなった。文壇の大御所的な作家も、隠れ家として愛用しているらしい。

その間、倉上は文芸の末席に這《は》いあがっていた。だが、「葉月」には足を向けなかった。

かつて青春を共有したクラスメイトであり、一度だけであるが、結ばれた仲である。葉月に会いたいとはおもったが、彼女はまったく異次元の世界に根をおろしている。教場の末席で互いの体温を感じ取れるように寄り添った彼女は、永遠の郷愁のように懐かしいが、せっかくの開店招待日に欠席した。

すでに社会に乗り出し、銀座の一角に自分の城を築いた葉月との間に海のような距離が開いた気がしたからである。

そして十数年ぶりのクラス会の案内がきた。倉上は葉月に会うために出席した。

忘れかけた顔の多い中に彼女の存在は一目でわかった。

彼女の身辺から発するオーラが、久しぶりに顔を合わせた級友の集団の中で、その所在を示すように立ちのぼっている。

いかにも上質な素材の仕立てのよいドレススーツ、さりげなくつけているアクセサリー、一流の美容師やスタイリストが品位ある抑制をしたトータルな華やかさ。学生時代よりも成熟した艶《つや》に備わった気品に、クラスメイトは心地よく圧倒されている。

葉月は生理的に発するオーラをコントロールしながら、むしろ目立たぬように、自分の存在を隠そうとしている。

司会者の開会の挨拶《あいさつ》の後、出席者の近況報告が始まった。学生時代のように、あいうえお順の指名である。

女性のほとんどは姓が変わっていたが、葉月は旧姓のままであった。

近況報告によって、卒業後の参加者の前半生が語られる。

二十余年の間に、それぞれの住所は内外に散らばっている。海外からはシンガポールやモントリオール、ロスアンゼルスなどからも参加している。欠席者九名中五名は消息不明になっている。

倉上と葉月は、出席者の中を遊弋《ゆうよく》しながら、四方から声をかけられ、なかなか二人だけの言葉を交わせなかったが、距離をおいて交わった視線が、想いを伝え合っていた。

会は盛り上がり、校歌を合唱して、一応のお開きとなった。

幹事は、来年のほぼ同じ時期に次のクラス会開催を予告して、有志者による二次会へと延長した。

さらに場所を替えて三次会に引き継ぎ、再会を約して解散となった。

そして、いつの間にか倉上と葉月は、二人だけになっている。

「私、今夜、帰りたくない」

葉月は倉上と腕を組んで歩きながら、ささやいた。

「お店に出なくてもいいのかい」

倉上が問うと、

「今日は土曜日よ。お店はお休み。たとえ開いていたとしても、君と離れたくないわ」

葉月は組んだ腕に力を込めた。

すでにクラスメイトの目はないので、大胆になっている。

「この辺で別れたほうが、お互いのためにいいんじゃないのかな。離れ難くなる」

倉上は答えた。

「私は倉上くんと初めて結ばれたとき、離れられなくなっていたわ。君はそれを引き裂くようにして去って行ったのよ。そのときのお返しをいましてもらいたいの」

葉月は倉上の腕を強く引いて、両手で彼に抱きついた。

「キスして」

葉月は顔を近づけた。周囲の人影が消えて、二人は一体の影となった。

そして葉月と倉上はその夜、ホテルで熱い一夜を共有した。

別れのときがきた。

「貴重な時間を、私のために割いてくださって。先生の作品は全部読んでいるわよ」

別れに際して、葉月が言った。

「先生なんて称《よ》ばないでくれ。ぼくたちはクラスメイトじゃないか」

「そうだったわね。でも、あのころにはもう帰れない。教場の最後列で、うつらうつらしながら同じ夢を見たり、キャンパスのベンチに腰をかけて、空を流れる白い雲を見あげていたり、卒業式の後、私の家で一夜を共にしたり、自分のことさえ考えていればよいあの当時には、もう帰れないわ。遠い青春、毎日が能天気だったわ。いまになって、あのころがとても懐かしいわ」

「でも、君は、あの遠い青春に帰りたいとはおもっていないだろう。いまのほうが充実している」

「そうかしら。それは先生、いや、君がいま充実しているから、そうおもえるんじゃないの」

「いまを充実と言えるかどうかわからないが、キャンパスという内海ではなく、外海にいることは確かだね」

「そうか、外海か。確かに防波堤なんかないものね。ありがとう。次のクラス会で、またお会いできるかしら。これからも素晴らしい作品を書きつづけてね」

「君こそ、ますますお店が繁昌《はんじょう》するように」

「いまをときめく流行作家。私の店へ来る余裕があったら、小説を書いてちょうだい。一緒に帰ると離れられなくなるわ。私が先に出ます」

唇を重ね、堅く抱き合った後、葉月が部屋から出て、振り返ることなく去って行った。


一年後、幹事からクラス会の通知を受け取った倉上は、出欠に迷った。葉月に会いたいとおもったが、彼女が言ったように別れが辛《つら》くなる。

葉月は異次元の世界の住人である。彼女を愛してしまえば（すでに愛しているが）、倉上自身が現在の生活環境を捨て、葉月に手を引かれて異次元へ移動してしまうような気がする。

倉上は現在の生活環境に、なんの不満もない。仕事は順調であり、家庭は円満である。だが、なにかが欠けているような気がする。なにが欠けているのかは不明であるが、その欠け目から吹いてくるわずかな隙間風を感じている。

隙間風は隙間を塞《ふさ》げば止む。わずかな隙間のために、安定している生活環境を変えるつもりはない。

結局、倉上はクラス会に出席した。だが、会場に葉月の姿はなかった。

開会に際して、司会者が意外なことを伝えた。

「悲しいお知らせがあります。敷島葉月さんが一ヵ月前に亡くなられました」

幹事の言葉に、だれも訃報《ふほう》を受けていなかったらしく、集まったクラスメイトがどよめいた。

幹事が言葉をつづけた。

「私も敷島さん直筆の訃報を受け取ったばかりです。ご本人が臨死の床で書かれたクラスメイトに宛てた最期のメッセージです。読みあげます」

と一息おいて、

——出席できなくて、ごめんなさい。実は、私、身体に癌を抱えていて、医師から余生(余命)三ヵ月と宣告されていました。

せめて二次会には出席して、皆さんにお別れを告げたく、期日の一ヵ月前まで頑張って生きました。医師の宣告よりも生きましたが、ついに力尽き、別れの言葉を皆さんへのメッセージに託します。

私は真面目な学生ではありませんでしたが、文学部英米文学科のFクラスの一人です。私も皆さんと青春を共有したクラスメイトです。いまにして顧みれば、学生時代は人生のベース・キャンプでした。社会の八方に別れて、それぞれ方角は異なっても、ベース・キャンプを共にした若き日の追憶は、生涯、忘れません。

残念ながら私は途中下車しますが、クラスメイトの皆さんは、できるだけ遠方まで行かれるように祈ります。私はこれから異次元の世界へ移動します。私のお墓はありません。さようなら、ごきげんよう」

葉月のメッセージを聞いたクラスメイトは、しんとなって静まり返った。

このとき初めて倉上は、四次会の後、別れに際して、葉月が再会の約束をしなかったことをおもいだした。彼女はすでにあの時点で、次のクラス会には出席できないことを予知していたのである。

隙間風は、彼女が移動した異次元の世界から吹いて来ていたのであった。

解説

山前　譲

　二〇一五年は森村誠一《もりむらせいいち》氏にとって、作家生活五十周年という大きな節目の年となった。エンタテインメントの作家にとって、読者はかけがえのない存在である。どんなに面白い作品であっても、それを読んでくれる人がいなければ無に等しいからだ。

　森村氏の作家活動を支えてきたその読者に、五十周年を迎えたとき、ビッグなプレゼントがあった。八作の短編が特別に書かれたのである。この『永遠のマフラー』はその八作に初期短編の三作を加えた文庫オリジナルの短編集だ。五十年にわたる森村氏の作家活動のエッセンスがここに集約されている。

　一九五八年、青山学院大学を卒業した森村氏はホテルに就職した。いきなりフロント業務を任されて慌てたというが、そこで実感したのは、自身が企業のなかで歯車のひとつにしかすぎないことだった。個々のアイデンティティはなかったのである。

「社奴」というのは森村作品の大きなキーワードだが、そこから脱したいという強烈な思いが森村氏の作家活動の原点となった。大学の同窓生の紹介で「総務課の実務」にサラリーマン向けの小文を発表し、それを一冊にまとめて『サラリーマン悪徳セミナー』

と題して刊行する。一九六五年十一月のことで、それが記念すべき作家生活の最初の一冊となった。

「ラストウィンドゥ」（二〇一五・三　角川文庫『腐蝕の構造』に書き下ろし収録）の野崎《のざき》は、森村氏のように社奴から逃れることはできなかったのである。会社のために粉骨砕身し、実績を挙げてきた。しかし、定年を迎えたときには、会社の管理下から完全に離れた余生を送りたいと思うのだった。自由な時間を得て自宅近くを〝探険〟しはじめる。そこにはサラリーマン時代には気付かなかったさまざまな発見があった。かねてより気になっていたのは、通勤電車の窓からちらりと視野に入ったアパートに住む、若い女性だったが……。

大都会の一期一会の出会い（それは一方的なものだとはいえ）の結末にはきっと癒《い》やされることだろう。一方、会社の業績不振で希望退職に応じたサラリーマンを主人公にした「虫の土葬」（一九七五・六「オール讀物」掲載）では、社奴の悲哀が強調されている。元商社マンで今は英語を中心にした私塾を開いている平を主人公にした「オアシスのかぐや姫」（二〇一五・三　角川文庫『終着駅』に書き下ろし収録）も、都会の片隅の喫茶店にまつわる癒やしの物語だ。もしかしたら誰もが、オアシスという異次元を求めているのかもしれない。

一九六七年刊の『大都会』を最初に小説にも意欲を見せた森村氏は、一九六九年、『高層の死角』で第十五回江戸川乱歩賞を受賞する。以後、謎解きの興趣と社会性豊かな作品で日本のミステリー界を牽引《けんいん》した。そして、『人間の証明』（一九七六）以下の棟《むね》居《すえ》刑事や『駅』（一九八七）以下の牛尾《うしお》刑事を主人公にした作品を中心に、現代社会の闇のなかで育《はぐ》まれた犯罪を描いてきた。けれど、「オアシスのかぐや姫」のようなロマンチシズムをいつも忘れてはいない。

「永遠のマフラー」（二〇一五・一「小説野性時代」掲載）は太平洋戦争にまつわる余情豊かなストーリーだ。一九四五年八月十五日の終戦の前夜、森村氏の郷里である熊谷《くまがや》は空襲で焼け野原となってしまった。特攻を描いた「神風の殉愛」や「紺碧からの音信」のような短編、元零戦操縦士が殺人事件の被害者となる『火の十字架』（一九八〇）、戦争から逃避する純粋な若者の姿が鮮烈な『青春の源流』（全四冊　一九八三―一九八四）、元兵士が旧日本陸軍の兵器で暴力団に挑む『星の陣』（一九八九）など、多くの作品で戦争をテーマにしている。一九九一年刊の『ミッドウェイ』では、太平洋戦争の局面を一変させた海戦を軸に、無念の青春を描いていた。

そして、『死の器』（一九八一）のテーマから発展して、七三一部隊の実相に迫るノンフィクションの『悪魔の飽食』（一九八一）が書かれる。さらには『新・人間の証明』（一九八二）、『エンドレスピーク』（一九九六）、『南十字星の誓い』（二〇一二）、『戦場の聖歌《カンタータ》』（二〇一五）と、さまざまな形で戦争の悲劇と非人間性が描かれてきたのである。

さらに時は遡《さかのぼ》って、『忠臣蔵』（一九八六）や『太平記』（一九九一―一九九四）など、歴史・時代小説にもその作品世界を拡げる森村氏だった。『人間の剣』（一九九一―二〇〇一)で「剣」をキーワードに日本の歴史を描き、二〇一一年、元禄時代にダイナミックなストーリーを展開させた『悪道』で第四十五回吉川英治文学賞を受賞する。

そうした時代小説にも猫がよく登場しているが、猫派と犬派に分けるならば、森村氏は明らかに猫派だろう。公式サイトには「ねこ特集」があり、二〇一七年には『ねこの証明』と題したエッセイと小説からなる猫本をまとめているほどだ。人生の不思議な縁が語られる「春の流氷」(二〇一五・二　角川文庫『高層の死角』に書き下ろし収録)でも、その猫が物語の重要なアクセントとなっている。

森村氏がサラリーマン生活を送ったホテルが作家活動のベースとなってきたのは、乱歩賞受賞作の『高層の死角』、第二十六回日本推理作家協会賞受賞作の『腐蝕の構造』(一九七二)、そして大ベストセラーとなった『人間の証明』と、創作活動の節目となる作品の舞台がホテルだったことで明らかだ。「初夜の陰画」(一九七一・二「別冊小説宝石」掲載)に描かれているホテル業界の非情さもまた、実体験に裏打ちされているのだろう。

「深海の隠れ家」(二〇一五・一「小説野性時代」)の主人公の真美は、真っ先にお客様をおもてなしするホテルの「グリーター」である。ホテルは人間の見本市のように多様な人々が集まる。真美がそんな〝人間の海〟である東京で、初めて自由を得た気になった。その東京でみつけたオアシスでの奇妙な体験……。これもまた大都会に潜む異次元に誘っていくストーリーだ。

「遠い洋燈《ランプ》」(二〇一五・三　角川文庫『吉良忠臣蔵　下』に書き下ろし収録)の舞台は、

秩父《ちちぶ》山系に属する深山《みやま》のランプの宿である。これもファンタジックな物語だが、ベースにある詩情もまた森村作品ならではのものだ。学生時代から山に親しんだ森村氏にはロマンチックな体験もあったらしい。『分水嶺』（一九六八）、『虚無の道標』（一九六九）、『密閉山脈』（一九七一）、『日本アルプス殺人事件』（一九七二）、『白の十字架』（一九七八）……山を舞台にした森村作品を挙げていくときりがない。

「北ア山荘失踪《しっそう》事件」（一九七二・一「別冊小説現代」掲載）は、舞台は架空であっても、その圧倒的なリアリティに引き込まれていくことだろう。作家生活五周年のサイン会での再会で主人公が遠い青春に思いを馳《は》せる「台風の絆」（二〇一五・二　角川文庫『超高層ホテル殺人事件』に書き下ろし収録）も、山というこれもまたある意味で異次元の舞台がロマンチシズムを誘っている。

やはり作家を主人公にした「人生のB・C《ベースキャンプ》」（二〇一五・三　角川文庫『吉良忠臣蔵上』に書き下ろし収録）は、大学時代の同窓生だった女性にまつわるちょっとほろ苦い物語だ。ベース・キャンプとは高い山に登るときのスタートとなる基地である。自身のベース・キャンプはどこにあるのだろう。読後、深い余韻に浸ることだろう。

二〇一五年の作家生活五十周年はもちろんひとつの通過点にしかすぎない。『運命の花びら』（二〇一五）、『涼やかに静かに殺せ』（二〇一六）、『戦友たちの祭典』（二〇一七）、『深海の寓話』（二〇一七）など、森村氏はさらに新たな物語を紡いでいる。読者は森村作品でまさに至福の時を得ることだろう。

初出

ラストウィンドゥ　『腐蝕の構造』（角川文庫、二〇一五年三月）
虫の土葬　「オール讀物」（一九七五年六月）
オアシスのかぐや姫　『終着駅』（角川文庫、二〇一五年三月）
永遠のマフラー　「小説　野性時代」（二〇一五年一月）
春の流氷　『高層の死角』（角川文庫、二〇一五年二月）
初夜の陰画　「別冊小説宝石」（一九七一年二月）
深海の隠れ家　「小説　野性時代」（二〇一五年一月）
遠い洋燈　『吉良忠臣蔵　下』（角川文庫、二〇一五年三月）
北ア山荘失踪事件　「別冊小説現代」（一九七二年一月）
台風の絆　『超高層ホテル殺人事件』（角川文庫、二〇一五年二月）
人生のB・C　『吉良忠臣蔵　上』（角川文庫、二〇一五年三月）

永遠《えいえん》のマフラー
作家生活《さっかせいかつ》50周年記念短編集《しゅうねんきねんたんぺんしゅう》
森村誠一《もりむらせいいち》

平成30年 10月25日　初版発行
令和6年　6月15日　4版発行

発行者●山下直久

発行●株式会社KADOKAWA
〒102-8177　東京都千代田区富士見2-13-3
電話　0570-002-301（ナビダイヤル）

角川文庫 21222

印刷所●株式会社KADOKAWA
製本所●株式会社KADOKAWA

表紙画●和田三造

ISBN 978-4-04-107139-7　C0193

角川文庫発刊に際して

角川源義

第二次世界大戦の敗北は、軍事力の敗北であった以上に、私たちの若い文化力の敗退であった。私たちの文化が戦争に対して如何に無力であり、単なるあだ花に過ぎなかったかを、私たちは身を以て体験し痛感した。西洋近代文化の摂取にとって、明治以後八十年の歳月は決して短かすぎたとは言えない。にもかかわらず、近代文化の伝統を確立し、自由な批判と柔軟な良識に富む文化層として自らを形成することに私たちは失敗して来た。そしてこれは、各層への文化の普及滲透を任務とする出版人の責任でもあった。

一九四五年以来、私たちは再び振出しに戻り、第一歩から踏み出すことを余儀なくされた。これは大きな不幸ではあるが、反面、これまでの混沌・未熟・歪曲の中にあった我が国の文化に秩序と確たる基礎を齎らすためには絶好の機会でもある。角川書店は、このような祖国の文化的危機にあたり、微力をも顧みず再建の礎石たるべき抱負と決意とをもって出発したが、ここに創立以来の念願を果すべく角川文庫を発刊する。これまで刊行されたあらゆる全集叢書文庫類の長所と短所とを検討し、古今東西の不朽の典籍を、良心的編集のもとに、廉価に、そして書架にふさわしい美本として、多くのひとびとに提供しようとする。しかし私たちは徒らに百科全書的な知識のジレッタントを作ることを目的とせず、あくまで祖国の文化に秩序と再建への道を示し、この文庫を角川書店の栄ある事業として、今後永久に継続発展せしめ、学芸と教養との殿堂として大成せんことを期したい。多くの読書子の愛情ある忠言と支持とによって、この希望と抱負とを完遂せしめられんことを願う。

一九四九年五月三日